D1721694

Der Marshal
Das Recht und die Rache

Niko Hass

© Text und Zeichnungen: Niko Hass
© Titelbild: Pixabay
© Covergestaltung Maximilian Buhl

Satz, Layout: Gudrun Strüber

Fabuloso Verlag
Fabrikstrasse 20
37434 Bilshausen
Tel.: 05528 205853
Fax: 05528 205854
E-Mail: strueber@fabuloso.de
www.fabuloso.de

Printed in der Europäischen Union 2020
Druck: Booksfactory
ISBN: 978-3-945346-84-6
Preis: 12,80 €

Der Marshal

Das Recht und die Rache

Niko Hass

Fabuloso Verlag

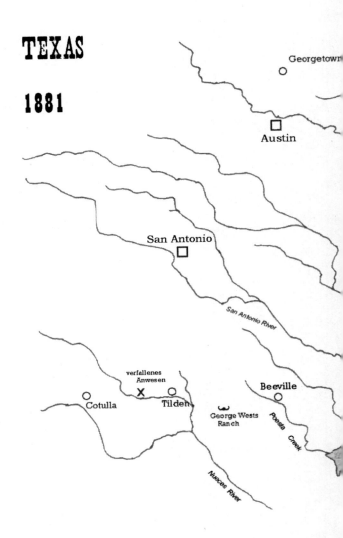

TEXAS

1881

Georgetown

Austin

San Antonio

San Antonio River

verfallenes
Anwesen
X

Cotulla   Tilden

Beeville

George Wests
Ranch

Poesta Creek

Nueces River

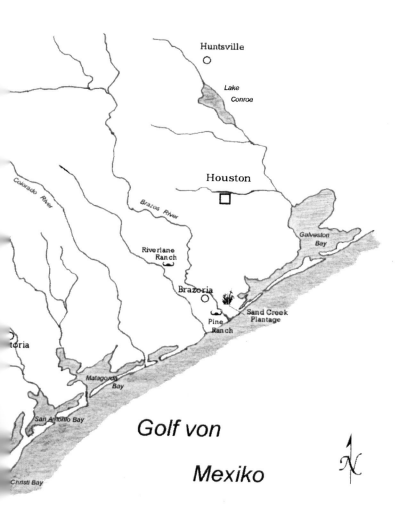

Für Diana

Prolog

Er hielt auf einem kleinen Plateau, von dem aus er einen mühelosen Überblick nach allen Seiten hatte. Sein Pferd hatte einen längeren Ritt hinter sich und brauchte unbedingt eine Pause. Es schnaufte ein paar Mal kräftig und entspannte sich. Dann begann es zu grasen. Der Reiter sah sich um. Ihm war klar, dass er sich in einem Dilemma befand.

Dafür war der Inhalt seiner Satteltasche verantwortlich, den er sich gewaltsam angeeignet hatte. Dieser Inhalt zwang ihn, so viele Meilen wie möglich zwischen sich und den Ort zu bringen, von dem er im Morgengrauen aufgebrochen war. Wesentlich war außerdem, dass er ohne Zeitverzögerung und unbeschadet, den Treffpunkt erreichte, den sie nach dem Überfall vereinbart hatten. Sein Bruder und dessen Komplize besaßen einen Teil der Beute. Weil sie zeit ihres Lebens zusammengehalten hatten, verstand es sich von selbst, dass sie die Beute gerecht teilen würden. Der Reiter konnte sich denken, dass man ihn verfolgte. Jedoch musste er auch Rücksicht auf sein Pferd nehmen und durfte es nicht zuschanden reiten, wenn er ihnen nicht in die Hände fallen wollte.

Der Appaloosa-Hengst knabberte gemächlich am spärlichen Gras des Plateaus und ließ sich Zeit, denn sein Reiter war abgesessen und dehnte die etwas steif gewordenen Glieder. Auch für ihn hatte sich der Ritt bis hierher anstrengend gestaltet und die Mittagshitze zeigte jetzt ihre Wirkung. Die Sonne brannte unbarmherzig vom Himmel. Der Schweiß lief dem Mann wie in Sturzbächen herunter. Außerdem quälte ihn unbändiger Durst. Das Wasser in seiner Feldflasche musste bis zum Abend reichen. Er hoffte, bis dahin zu einer Siedlung, mindestens einer Poststation zu kommen. Dort würde es frisches Wasser geben. Und ein Bett anstelle von Decke und Sattel auf hartem Boden. ‚Vielleicht aber doch besser im Freien schlafen. Wo ich allein bin‘, dachte der Mann. Aber um eine Ergänzung seiner Vorräte würde er nicht herumkommen.

Er nahm einen Schluck und befestigte die Feldflasche wieder am Sattel. Dabei entdeckte er etwa zehn Yards hinter sich auf dem Weg einen Skunk. Der grub mit seinen Vorderpfoten an einer Stelle des spärlich bewachsenen Bodens nach irgendetwas. Der Reiter beobachtete ihn eine Weile. Dann ließ er seinen Blick weiter zurück den Weg entlang schweifen. Plötzlich entdeckte er in der Ferne eine winzige Bewegung, die nicht in das gewohnte Bild der Landschaft passte. Da die Luft flimmerte, sah es zunächst aus wie eine Fata Morgana. Doch gleich darauf wurde dem Mann bewusst, dass das, was ihn alarmiert hatte, eine Staubwolke war. Er fokussierte angestrengt seine Augen auf die Erscheinung und erstarrte. ‚Das Aufgebot! Wie konnten die mich so schnell finden? Ganz schön clever, diese Burschen.‘, schoss es ihm durch den Kopf. Mit hastigen Bewegungen zog er den etwas gelockerten Sattelgurt wieder straff an, schwang sich in den Sattel, gab dem Appaloosa die Sporen und preschte im Galopp davon.

1

Als Laura Pine auf ihrem Falben die Straße herunterritt, war es wie jeden Freitagmittag während des langen texanischen Sommers. Die Straße glühte in der Mittagshitze. Vor den wenigen Geschäften, vor dem Drugstore, der Post, dem Saloon lungerten wie immer etliche Landarbeiter herum, die scheinbar vor sich hin dösten. Dabei beobachteten sie instinktiv alles, was sich bewegte. Laura war das einzige, das sich auf der staubigen Straße zeigte. Auch hier geschah, was immer passierte, wenn sie in die Stadt kam: Ihre Erscheinung zog alle Blicke auf sich. Sie war vierundzwanzig und machte auf ihrem weißblonden Pferd, dessen dunkle Mähne auf einer Seite des Halses locker herabfiel, eine hervorragende Figur. Sie saß kerzengerade im Sattel und steuerte ihren Falben mit geübtem Griff. Mit wachen hellblauen Augen registrierte sie alles um sich herum. Mancher lüsterne Blick wurde ihr nachgeworfen, einzig die Hitze verhinderte anzügliche Bemerkungen, die von diesem Publikum gewöhnlich zu erwarten gewesen wären.

Vor dem Büro des County-Sheriffs zügelte Laura ihr Pferd. Energisch warf sie ihre langen kastanienbraunen Haare nach hinten, bevor sie mit gekonntem Sprung absaß. Sogleich stieß sie einen kurzen durchdringenden Pfiff aus, denn ihr war klar, dass es der Sheriff mit der Mittagsruhe akribisch genau nahm. Der erschien nach einiger Zeit und blinzelte recht verschlafen in die Mittagssonne.

„Hallo, Sheriff, wo finde ich unseren Rinderbaron? Hätte ihm was abzugeben", wollte Laura wissen, worauf der sich kratzende Sheriff zur anderen Straßenseite deutete und gähnend erwiderte: „Ist im Saloon drüben. Wartet wohl auf einen seiner Geschäftspartner, damit er ihn über den Tisch ziehen kann, das alte Schlitzohr."

„Danke, Sheriff. Wiedersehen."

Laura führte ihren Falben zum Saloon, band ihn dort an und stieg langsam die Stufen zum Saloon hinauf, um John Reginald Tucker, den größten Rancher der Gegend, zu treffen.

Laura Pine war das einzige Kind der Pines, die in den Hügeln eine kleine Ranch in der Nähe der Küste hatten und finanziell hinlänglich über die Runden kamen. Ihr Vater betrachtete Tucker seit einiger Zeit als Konkurrenten. Der Rinderbaron stand ihm nicht direkt im Wege, aber Donald Pine musste sich mittlerweile anstrengen, um sich behaupten zu können. Es ging dabei unter anderem um ungehinderten Zugang zu Wasserläufen für das Vieh, die beide Rancher für sich beanspruchten. Erschwerend kam neuerdings hinzu, dass Pine vor einiger Zeit einen äußerst vitalen Bullen erworben hatte, der solches Aufsehen erregte, dass Tucker ihn unbedingt haben wollte. Pine hatte sich zunächst geweigert, das Tier herzugeben. Daraufhin hatte sich das Verhältnis zu Tucker merklich abgekühlt. Inzwischen war Pine bereit, um des Friedens willen und wegen des nach wie vor bestehenden Problems mit den Wasserläufen auf Tucker zuzugehen. Deshalb war Laura in die Stadt geritten, um ihm einen Vorschlag ihres Vaters zu überbringen.

Der Rancher saß jetzt im Saloon und brütete über einigen Papieren. Neben sich standen eine Flasche Whiskey und zwei Gläser. Offensichtlich erwartete er jemanden.

Laura blieb vor seinem Tisch stehen und wartete. Nach einer Weile machte Tucker Anstalten, von seinen Papieren aufzusehen. Aus einem wettergegerbten Gesicht starrte er sie mit kalten grauen Augen an.

„Ah, wen haben wir denn da? Laura Pine. Was verschafft mir die Ehre Ihres Besuches?", begrüßte er sie mit süffisantem Grinsen, das eine Narbe zwischen linkem Mundwinkel und Wangenknochen noch verstärkte.

Laura taxierte den Rancher aus ihren blauen Augen, bevor sie ihm selbstbewusst entgegnete, sie habe ein geschäftliches Angebot von ihrem Vater für ihn. Dabei spielte ein seltsames Lächeln um ihre vollen Lippen. „Ich soll es Ihnen persönlich übergeben. Scheint wichtig zu sein", fügte sie höflich hinzu. Ihre Gedanken, bezüglich Tuckers merkwürdigem Grinsen, behielt sie wohlweislich für sich.

„Na, geben Sie mal her. Ich sehe es mir gleich an. Bestellen Sie das Donald, bitte. Schönen Tag auch."

Laura nickte, machte aber zunächst keine Anstalten zu gehen. Immer noch lächelte sie vor sich hin.

Tucker sah auf und zog irritiert seine buschigen grauen Augenbrauen nach oben. „Warum grinsen Sie dauernd, Ms. Pine? Stimmt was nicht mit dem Brief? Oder hat es einen anderen Grund? Ah, ich weiß: Ihr Verlobter, wenn ich mich nicht irre?"

Laura bejahte es.

„Ich muss jeden Tag an ihn denken. Wir wollen bald heiraten. In zwei Wochen ist der große Tag. Noch viel zu tun bis dahin."

Tucker gab sich darauf etwas umgänglicher.

„Na, dann viel Glück für Sie beide. Und grüßen Sie Ihren

Vater von mir. Wir werden uns schon einigen."

„Danke, Mr. Tucker. Auf Wiedersehen."

Der Rancher wandte sich erneut seinen Papieren zu. Laura ging nach draußen, bestieg ihr Pferd und ritt den Weg zurück zur Pine Ranch entlang der Küste. Ob Tucker es ehrlich meinte mit den Glückwünschen? Nach allem, was zwischen ihm und ihrem Vater stand? Sie war sich nicht recht klar darüber, schob den Gedanken dann aber beiseite. Aus einer Laune heraus beschloss sie, einen Abstecher zu einem Strandabschnitt an der Küste zu machen. Sie verließ den Hauptweg und bog in einen Pfad nach rechts ein, der sie in leicht welliges Hügelland führte. Der Pfad endete bald im Nichts und Laura ließ ihren Falben über das sich anschließende Grasland dahin traben. Eine leichte Brise kam vom Meer herüber, das sie in der Ferne undeutlich erkennen konnte. Laura steuerte ihr Pferd einen Abhang hinunter und geradewegs auf einige Sanddünen zu, die sie von Weitem ausgemacht hatte. Ein kleiner unscheinbarer Pfad führte zwischen ihnen hindurch. Als Laura ihn passiert hatte und die Dünen verließ, öffnete sich vor ihr ein überwältigendes Bild: als wenn die Dünen seitwärts getreten seien, um die Sicht auf das in gleißendem Sonnenlicht daliegende Meer freizugeben. Laura glaubte, sich an vergangene Tage ihrer Jugend zu erinnern, als sie während einer ihrer Ausritte zum ersten Mal ein überwältigendes Gefühl von Freiheit und Naturgewalten gespürt hatte. Ein immenses Glücksgefühl durchströmte sie. Laura sog die frische, salzhaltige Luft tief ein und gab ihrem Pferd die Sporen.

Der Falbe reagierte sofort. Er beschleunigte mit voller Kraft und preschte in gestrecktem Galopp den Strand entlang, vor zum Wasser, wo sich die Brandung in ihren Ausläufern auf dem Sand verlor. Immer vorwärts jagend steuerte Laura den Falben in einem weiten Bogen durch den Spülsaum zwischen festem und sich in der Tiefe verlierendem, nicht mehr fassbarem Grund. Sie erreichte das andere Ende des Strands, brachte ihr Pferd aus vollem Lauf zum Stehen, machte kehrt und jagte das Tier denselben Weg zurück bis zu den Dünen.

Reichlich außer Atem dirigierte sie den Falben den Weg zurück zu den Hügeln und ließ ihn dann, als sie wieder auf dem höher gelegenen Grasland ritt, in leichtem Galopp vorwärtslaufen, bis sie den Weg zur Ranch erreicht hatte. Die Hitze des Nachmittags war immer noch deutlich zu spüren, obwohl es inzwischen auf den Abend zuging. Daher gönnte Laura dem Pferd etwas Erleichterung, indem sie das Tempo herausnahm und sich in einem entspannten Trab auf ihren Heimweg machte. Der Ritt hatte sich am Ende doch gelohnt.

2

Der Reiz des Südens hatte die Pines dazu gebracht, sich an der Küste des Golfs von Mexiko im sonnigen Texas anzusiedeln. Besonders im Sommer wurde ihnen die Richtigkeit ihrer Entscheidung bewusst. Während die Rancher im Landesinneren mit Trockenheit zu kämpfen hatten, gab es hier an der Küste entlang des Brazos Rivers auch im Juli saftiges Weideland. An Tagen wie diesen, als Laura Pine nach getaner Arbeit nach Hause auf die Ranch ihrer Eltern ritt, erschien ihr alles, als könnte es nicht anders sein und als würde es immer so bleiben. So kam sie zurück von der Stadt, begleitet von einem überschäumenden Gefühl von Freiheit und Glück, wie geschaffen für den Beginn eines perfekten Wochenendes.

Mit der bereits langsam untergehenden Sonne im Rücken bog sie auf den Hauptweg ein, der sie durch das Tor zur Ranch führte, und lenkte ihren Falben zum Stall. Sie sattelte ihn ab und durchquerte den Hof in Richtung des Haupthauses, um ihre Eltern zu begrüßen. Aus den Augenwinkeln sah sie, wie Ron Duggan, der Vorarbeiter der Ranch, sich mit Diego Sanchez, einem der für die Pines arbeitenden Cowboys, unterhielt, während sie auf eines der Nebengebäude zugingen. Andere Cowboys hielten sich nicht auf der Ranch auf, denn es gab zur Zeit kaum Arbeit. Der langgestreckte Rinderpferch war leer. Einen Großteil der Tiere hatten sie verkauft, die übrig gebliebenen waren draußen im Weideland. Donald Pine erwartete eine Lieferung frischer Rinder.

„Hi Mum, hi Dad, bin wieder zurück."

„Wie war es denn in Brazoria? Was hat Mr. Tucker gesagt?", wollte ihr Vater wissen.

Donald Pine war Mitte fünfzig und vom harten Leben auf der Ranch gezeichnet. Trotzdem war es ihm gelungen, sich ein Stück seiner Jugendlichkeit zu erhalten. Bisher hatte das Glück es gut mit ihm gemeint, nicht nur bezogen auf seine Arbeit als Rancher, sondern auch hinsichtlich seiner Ehe: Seine Frau Jessica war in ihrer Jugend eine Schönheit gewesen. Auch jetzt noch, mit Ende vierzig, sah sie für ihr Alter auffallend hübsch aus. Bei so viel Glück war es nicht verwunderlich, dass Donald Wert legte auf ein positives Verhältnis zu allen Ranchern der Gegend, besonders zu John Reginald Tucker. Immerhin wollte er mit ihm im Geschäft bleiben.

„Nun lass deine Tochter doch erstmal hereinkommen und überfall sie nicht gleich mit solchen Fragen. Darüber kann man später immer noch reden", meinte Lauras Mutter. Sie liebte ihren Mann und ihre Tochter als ihr einziges Kind gleichermaßen und war daher stets auf ein harmonisches Familienleben bedacht, trotz des recht harten Alltags auf der Ranch. Laura gab nur eine kurze Antwort.

„Lasst uns erst was essen, danach erzähle ich euch alles. Das Essen ist doch fertig, oder?"

Später saßen alle drei auf der Veranda und genossen die Stille. Die Sonne schickte sich an unterzugehen und tauchte das Land in sanftes Rot. Laura berichtete von ihrem Ritt in die Stadt, dem Abstecher auf dem Rückweg und darüber, was John Tucker ihr mitgeteilt hatte.

„Mr. Tucker lässt grüßen und wird sich deinen Brief ansehen, Vater."

„Hm", brummelte Donald Pine. „Ich hoffe, dass er auf mein Angebot eingeht."

Er hatte abzuwägen zwischen Pest und Cholera. Gäbe er seinen exzellenten Bullen her, würde er einen erheblichen Vorteil bei der Zucht verlieren. Behielte er ihn jedoch, stand ein ungehinderter Zugang der Herde zu Frischwasser auf dem Spiel. Da würde der Bulle ihm auf lange Sicht auch nichts nützen. Donald hatte sich notgedrungen zugunsten des Wassers entschieden. Seine Frau Jessica hatte ihm schweren Herzens zugestimmt. Denn der Bulle war ihr ein wenig ans Herz gewachsen.

Während die beiden sich in ein Gespräch über das Verhältnis zu Tucker und die Ranch im allgemeinen vertieften, schweiften Lauras Gedanken ab. Die romantische Abendstimmung erzeugte in ihr ein wohliges Gefühl. Sie dachte daran, dass ihr Verlobter Shane Parker am Sonntag zu Besuch kommen wollte und konnte sich noch lebhaft daran erinnern, wie sie ihn vor etwa zwei Jahren liebengelernt hatte. Es war auf einem Rodeo während einer Viehauktion in San Antonio gewesen. Sie hatte ihren Vater begleitet, der dort Geschäfte abwickeln wollte und nach getaner Arbeit dem Rodeo zugeschaut. Dabei hatte sie Shane überraschend als einen der Teilnehmer wahrgenommen. Sie kannten sich seit Ewigkeiten. Sie hatten gemeinsame Kindertage verlebt, denn ihre Eltern waren Nachbarn. Shane wohnte auf der weiter östlich gelegenen Sand Creek Plantage und sollte den Besitz später einmal von seinem Vater übernehmen. Laura war nicht verborgen geblieben, dass Shane seit einiger Zeit angefangen hatte, ihr schöne Augen zu machen. Sie hatte die Zeit der Mädchenzöpfe endgültig hinter sich gelassen und trug sonntags und an Festtagen elegante Kleider. Ihre schlanke Gestalt mit kräftigen Armen und Beinen, ihr ebenmäßiges Gesicht, die blauen Augen und langen braunen Haare, ihr freundliches Wesen, all das machte sie für Shane äußerst begehrenswert. Auch andere versuchten, ihre Zuneigung zu gewinnen. Doch insgeheim hatte sie sich von Anfang an zu Shane hingezogen gefühlt. Das lag zum einen an seiner Zielstrebigkeit, Dinge anzupacken. Entscheidender für Laura aber waren seine Aufrichtigkeit und sein Pflichtbewusstsein. Darüber hinaus gefiel ihr seine heitere Art, die sie gern erwiderte. Daher begann sie, ihn vor seinem Ritt beim Rodeo zu necken. Shane prahlte, wie exzellent er reiten könne, und sie lachte darüber. Er war dann auch prompt vom Pferd gestürzt und ausgeschieden. Sie trafen sich nach dem Rodeo beim Abendessen wieder, wo Laura sich Hals über Kopf in ihn verliebte.

Sie hatten sich regelmäßig besucht und im Frühjahr verlobt. Etwas spät, mit vierundzwanzig, fand Laura, aber so war es nun einmal gekommen. Obwohl sie begehrenswert war und etliche vielversprechende Männer Interesse an ihr bekundet hatten, wollte sie keinen anderen als Shane, auch wenn dessen Eltern nicht unbedingt wohlhabend waren. Eine sogenannte gute Partie lehnte sie ab. Als Konsequenz ihrer Haltung gab es zwangsläufig Gerede und Unverständnis über ihre Entscheidung. Laura ließ das kalt. Dagegen konnte sie ohnehin nur schwerlich etwas unternehmen. Ihre Eltern nahmen sie dabei als ihr einziges Kind in Schutz und unterstützten sie stets.

Laura hatte es nicht leicht, als Frau in der Männerwelt einer Ranch zu bestehen. Doch ihre Fähigkeit anzupacken und die Unterstützung ihrer Eltern hatten ihr dabei geholfen. Begünstigend kam hinzu, dass die Frauen während des Bürgerkrieges oft ihre Männer ersetzen mussten und jetzt, sechzehn Jahre nach Kriegsende, langsam ein Gefühl für ihre Besserstellung einsetzte. Wenn auch nicht überall. Viele schauten daher immer noch ein wenig missbilligend auf alles, was Laura im Zusammenhang mit der Ranch tat. Andere sahen darin kein Problem. Was das Heiraten anlangte, hatte Laura sich gegen alle Bedenken durchgesetzt und darauf bestanden, nur eine Ehe aus Liebe einzugehen, nichts anderes.

Nun war es bald soweit. Sie musste noch viel für die Hochzeit vorbereiten und ging im Kopf notwendige Einzelheiten durch. Da war zunächst die Frage des Kleides. Ihre Mutter hatte mit ihr in den letzten Tagen den Schneider aufgesucht. Der riet ihr nach mehreren Versuchen zu einem überaus eleganten cremefarbenen Satinkleid mit blauen Borten. Ihre kastanienbraunen Haare kamen dadurch ausgezeichnet zur Geltung. Am Kleid musste er noch einige Änderungen vornehmen. Nächste Woche würde es fertig sein. Dann sollte sie unbedingt mit Shane wegen der Gästeliste sprechen. Musiker waren zu engagieren, denn eine Hochzeit ohne Ball kam nicht infrage. Während sie all diese Einzelheiten bedachte, schwelgte Laura in ihren romantischen Träumen und lauschte der Unterhaltung, die noch einige Zeit dahinplätscherte.

Die untergehende Sonne begann, die gesamte Landschaft in ein dunkles Orange zu tauchen. Die drei Pines gaben sich diesem Anblick eine Weile hin, als Laura plötzlich eine Frage stellte.

„Erwartet ihr noch Besuch?"

„Nein, warum?", fragte ihre Mutter.

Als Antwort deutete Laura mit ihrem Kopf in die sanfte Hügellandschaft. Denn im schwindenden Licht hatte sie einen einsamen Reiter ausgemacht, der allem Anschein nach in Richtung der Ranch unterwegs war.

„Ich mache mal Licht", sagte Jessica Pine und ging ins Haus.

Es begann immer dunkler zu werden, und der sich nähernde Reiter verschmolz langsam im Dämmerlicht mit der Landschaft. Kurze Zeit später, als Laura und ihr Vater sich anschickten, hinein zu gehen, preschte der Fremde auf seinem Pferd durchs Tor in den Innenhof und hielt vor der Veranda an.

„'n Abend, Mister. Haben Sie noch eine Bettstatt frei für einen späten Reisenden?", fragte der Fremde höflich.

Auf den ersten Blick wirkte er völlig unauffällig. Sein Gesicht war im Zwielicht zwischen Dämmerung und Innenbeleuchtung nicht deutlich zu erkennen.

„Woher kommen Sie?", fragte Donald Pine voller Neugier.

Der Fremde antwortete, er sei auf der Durchreise und komme von Brazoria, habe dort aber kein Hotelzimmer mehr gefunden. Das kam Donald Pine seltsam vor, da es in dieser Gegend nie viele Reisende gab. Aber dem Gesetz der texanischen Gastfreundschaft folgend bat er den Fremden ins Haus.

Der Reiter erhielt Gelegenheit, sich frischzumachen. Vater Pine lud ihn ein, am zentralen Esstisch in der Stube Platz zu nehmen.

„Vom Abendessen ist noch etwas übrig", sagte Jessica Pine. „Greifen Sie ruhig zu."

Dankbar machte der Fremde sich über sein Essen her. Er schien halb verhungert, und die Pines beobachteten ihn voll Interesse.

„Wie heißen Sie und woher kommen Sie?", fragte Donald ihn höflich.

Als der Fremde das Haus betreten hatte und ins Licht der Zimmerbeleuchtung getreten war, hatte Donald bemerkt, dass der Mann eine Tasche umgehängt hatte und in der linken Hand eine vorbildlich gepflegte Winchester trug. Beides lag nun griffbereit am Tisch zwischen dem Eingang und seinem Platz. Der Mann behielt die Tasche ständig im Auge. Den Coltgürtel ließ er umgeschnallt. Donald fand das befremdlich. Das Gesicht des Gastes war jetzt im Licht deutlich zu erkennen. Am rechten Wangenknochen hatte er eine Narbe. Er hatte sich seit Tagen nicht rasiert. Seine braun-grauen Haare waren nach hinten gebürstet. Soweit sah er recht harmlos, beinahe eine Spur vernachlässigt aus. Jedoch hatten die Augen etwas Merkwürdiges – sie wirkten unstet und verschlagen. Diese Beobachtung machte Donald nachdenklich.

Der Fremde antwortete ein wenig gereizt: „Ich sagte doch, dass ich auf der Durchreise bin und kein Zimmer mehr gefunden habe. Da habe ich Ihre Ranch gesehen und gehofft, hier eine Nacht bleiben zu können."

„Lass gut sein, Donald, du siehst doch, er ist müde und

möchte in Ruhe essen und danach schlafen gehen", sagte Jessica rasch, stets auf Harmonie bedacht. Der Fremde quittierte das mit einem Grunzen und aß schweigend weiter. Laura beobachtete den Mann. Bereits während seiner Ankunft hatte sie ein seltsames Gefühl beschlichen. Der fremde Reiter kam ihr von irgendwoher bekannt vor. Nur wo hatte sie ihn schon einmal getroffen? Oder verwechselte sie ihn mit jemand anderem? Sie dachte darüber nach, verwarf den Gedanken jedoch wieder. Mit Leuten wie ihm pflegte sie keinen Umgang. Doch woher kannte sie das Gesicht?

Während Laura den Gast verstohlen musterte, bemerkte sie einen Falter, der um die auf dem Tisch stehende Kerze flatterte. Laura sah, dass der Mann das Insekt fixierte. Der Falter zog immer enger werdende Kreise um die Flamme. Als er ihr zu nahe kam, verbrannte er sich die Flügel, fiel zuckend auf die Tischplatte und blieb dort zappelnd liegen. Der Mann legte seine Gabel ab, streckte einen Finger aus und zerdrückte den Falter. Danach hob er die Gabel wieder auf und fuhr fort zu essen. Ein alltäglicher Vorgang, weiter nichts. Aber etwas im Gesicht des Mannes hatte Laura erschreckt. Als er den Falter zerdrückte, blickten seine Augen kalt und stechend auf die hilflose Kreatur und ein seltsames Lächeln spielte um seine Lippen. Laura kam es vor, als erfüllte den Mann eine merkwürdige Befriedigung, während er einem Lebewesen den Tod brachte. Sie schielte unauffällig zu ihren Eltern, doch beide hatten dem Vorgang keine Bedeutung beigemessen.

„Sie haben eine nette Frau. Sind Sie schon lange verheiratet?" fragte der Fremde unvermittelt.

Donald Pine, dem die Stille ein wenig unangenehm war,

gab dankbar Auskunft: „Fast dreißig Jahre schon. Und nie haben wir es bereut, auch dank unserer Tochter Laura. Nicht wahr?"

Laura verdrängte ihre Gedanken über die Szene mit dem Falter und lächelte ihren Vater an.

„Danke, Dad, das ist sehr lieb."

„Wir lieben unsere Tochter über alles, wissen Sie?", beeilte sich Jessica, hinzuzufügen.

Der Fremde sah sie an und nickte verstehend. Dann fuhr er fort zu essen. Das Gespräch brach wieder ab und Stille kehrte ein.

Als Laura sich ihrem Teller zuwandte, fiel ihr Blick auf das Gesicht des Gastes, der sie auf einmal unverblümt angrinste. Laura hatte das Gefühl, dass er sie bereits eine Weile angestarrt haben musste. Sie versuchte, seinem Blick auszuweichen. Doch ein unerklärlicher Zwang ließ sie erneut in die Augen des Fremden schauen. In zwei Augen, die ihr dermaßen unheimlich erschienen, dass Laura spürte, wie ihr ein kalter Schauer den Rücken herunterlief. Sie fühlte sich unbehaglich. Sie suchte krampfhaft nach neuem Gesprächsstoff, um den Gast nicht länger ansehen zu müssen. Da fiel ihr etwas ein.

„Vater, wie geht es denn dem Fohlen?", fragte sie.

Donald wiegte den Kopf hin und her und sagte: „Es geht ihm besser. Aber ich muss nachher nochmal nach ihm sehen."

Laura nickte und schlug vor: „Das kann ich doch machen. Du und Mutter, ihr habt schon genug gearbeitet. Ich schaue heute Nacht mal nach dem Fohlen. Wenn ihr wollt, auch morgen. Einverstanden?"

Ihr Vater nickte dankbar. „Das ist sehr lieb von dir. Danke."

Nachdem der Fremde gegessen hatte, streckte er sich ausgiebig, worauf Jessica ihn aufforderte, ihr zu folgen, denn sie wollte ihm nebenan sein Bett für die Nacht zeigen. Er erhob sich, nahm Tasche und Gewehr und begleitete sie. Nach fünf Minuten kam Jessica zurück und setzte sich zu ihrem Mann und ihrer Tochter an den Tisch. Alle drei verstummten und versanken für einige Zeit in Nachdenken, während die Wanduhr gegenüber der Tür leise tickte. Minutenlang war nichts als dieses Ticken zu hören. Auch der Fremde im Nebenraum gab keinen Laut von sich.

Laura dachte angestrengt nach. Dieses Gesicht! Woher kam es ihr so bekannt vor? Sie musste an die Szene mit dem hilflosen Nachtfalter denken. Den stechenden und kalten Blick des Mannes dabei. Plötzlich fiel es ihr wieder ein. Sie kannte ihn. Sie kannte ihn nur zu gut! Doch die Narbe entstellte das Gesicht so sehr, dass sie nicht gleich begriffen hatte, wen sie da vor sich hatte. Vier Jahre musste es inzwischen her sein. Seitdem hatte sie es verdrängt. Doch jetzt kam die Erinnerung mit Macht wieder hoch. Aber sie weigerte sich, weiter darüber nachzudenken, und schob die unliebsamen Gedanken beiseite. Schon gar nicht wollte sie mit ihren Eltern darüber reden. Dennoch machte sich ein mulmiges Gefühl in ihr breit. Am liebsten wäre sie den ungebetenen Gast auf der Stelle wieder los.

„Dad, ich mag diesen Mann nicht!", sagte sie.

Ihr Vater entgegnete: „Mir kommt er auch unheimlich vor. Und er wollte seinen Namen nicht nennen und behauptete nur, er sei auf der Durchreise und habe in der Stadt kein

Zimmer mehr bekommen können. Alles sehr seltsam. Auch sein Blick. Und dass er diese Tasche bewacht, als wäre etwas Wertvolles darin. Ich kann ihn nicht einschätzen, aber ich habe das Gefühl, mit dem stimmt irgendetwas nicht. Hoffentlich reitet er morgen weiter und wir haben keine Scherereien."

„Hast du bemerkt", fragte ihn Jessica, „dass er dich nicht wenig ausgefragt hat und von sich fast nichts erzählt hat? Das ist doch äußerst merkwürdig, oder?"

Sie schaute ihren Mann an und erwartete von ihm eine Antwort. Als die ausblieb, bohrte sie nach.

„Was wissen wir denn von ihm? Doch nichts, außer dem, was wir von ihm gesehen haben und das Bisschen, was er erzählt hat. Wenn er morgen auf ist, dränge ihn bitte, zu gehen. Mir ist er nicht ganz geheuer."

„Beruhige dich, Jessy, ich werde das schon regeln. Jetzt gehen wir alle erstmal schlafen. Morgen sehen wir weiter", entschied Donald Pine.

Heute Abend konnte man ohnehin nichts mehr machen. Der Fremde schlief, daher war es unmöglich, weiter in ihn zu dringen, um mehr zu erfahren. Also hatte es keinen Sinn, noch länger aufzubleiben und sich das Gehirn zu zermartern. Es würde sich alles am anderen Morgen lösen. Mit dieser Hoffnung gingen die Pines zu Bett.

3

In aller Frühe am nächsten Morgen, als die Sonne über den Horizont lugte, wurde es unruhig im Hause der Pines. Der fremde Reiter war aufgestanden und begann, sich für seine Weiterreise fertig zu machen. Er schaffte es, sogar noch vor Donald Pine aufzustehen, der sonst morgens immer als Erster aus den Federn kam. Beim Suchen nach der Kaffeekanne stieß er im Halbdunkel an den Esstisch. Durch dieses Geräusch wurde Donald Pine wach. Er fuhr erschrocken hoch, beruhigte sich dann aber wieder, als er sich an gestern Abend erinnerte.

Etwas schlaftrunken warf er sich seinen Morgenmantel über und betrat die Wohnstube. Dort bemerkte er den Fremden und bot ihm an, ein rasches Frühstück zuzubereiten. Kurz danach kamen Jessica und Laura hinzu, die ebenfalls vom Rumoren des Gastes wachgeworden waren und sich hurtig angekleidet hatten. Gemeinsam setzte man sich an den Tisch für ein kurzes Mahl.

„Wohin geht es für Sie heute?", fragte Jessica den Mann, der sich immer noch nicht vorgestellt hatte. Der Angesprochene schlürfte erstmal genüsslich seinen Kaffee und ließ sich Zeit. Nach einer Weile antwortete er.

„Ich will nach Norden. Houston oder Fort Worth, weiß nicht genau. Dort soll es gut bezahlte Arbeit geben."

Viel mehr an Information war nicht aus ihm herauszulokken. Daher ließen die Pines ihn weiter seinen Kaffee schlürfen und ihn in Ruhe essen.

Als er das Frühstück beendet hatte, erhob er sich, dankte

für die freundliche Aufnahme und machte Anstalten, seine Sachen zu holen.

„Sie müssen uns aber schon sagen, wer Sie sind", insistierte Donald Pine, der es als überaus unhöflich empfand, wenn man sich nicht gegenseitig vorstellte. Schließlich wusste er aufgrund seiner Erziehung, was sich gehörte, und selbst in Texas, einem Staat, in dem es durchaus einmal ruppig zuging, legte man Wert auf die üblichen Umgangsformen.

Der Fremde blickte ihn lange mit kalten Augen an und entgegnete dann: „Frank. Mein Name ist Frank. Frank Jones."

Donald Pine musterte ihn unverwandt und wollte ihn plötzlich ohne weitere Umstände loswerden.

„Also, Frank", sagte er, „dann wollen wir Sie nicht länger aufhalten. Schön, dass Sie unser Gast waren, hat uns gefreut. Ich wünsche Ihnen eine angenehme Weiterreise. Warten Sie, ich komme mit zum Stall und helfe Ihnen mit Ihrem Pferd."

Mit diesen Worten komplimentierte Donald Pine den Gast nach draußen, sehr zur Freude von Jessica und Laura. Beide atmeten erleichtert auf, als die Männer das Haus verließen.

Als Jones' Pferd fertig war, saß dieser auf, beugte sich zu Donald hinunter und sagte, ohne eine Miene zu verziehen: „Alles Gute für Sie und Ihre Familie. Danke für die Gastfreundschaft. Leben Sie wohl." Mit diesen Worten gab er seinem Pferd die Sporen und preschte über den Hof und in nördlicher Richtung davon.

Donald ging zum Haus zurück zu den beiden Frauen und bemerkte nur: „Den sind wir los."

Jessica konnte nicht anders, als ihm zuzustimmen: „Gott

sei Dank. Ich hatte schon ein sehr komisches Gefühl, seit er bei uns war." Laura nickte dazu nur mit dem Kopf.

Später am Nachmittag arbeitete Jessica bei den Ställen. Plötzlich entdeckte sie drei Reiter, die sich, eingehüllt in eine Staubwolke, in hohem Tempo der Ranch näherten. Als sie durch das Tor ritten, erkannte sie den Stern eines US-Marshals und rief ihren Mann und ihre Tochter. Beide kamen heraus und blickten erstaunt auf die im Hof haltenden Reiter.

Der Marshal tippte zum Gruß an seinen Hut und brachte freundlich, aber in amtlichem Tonfall, sein Anliegen vor.

„Guten Tag, Ma'am. Mein Name ist John William Pierce, US-Marshal des Staates Texas, und das sind meine beiden Deputies, Jim McNair und Joe Wheelwright. Bitte entschuldigen Sie, dass wir Sie so unvermittelt überfallen, aber wir sind auf der Suche nach einem Mann. Er heißt Frank Webster, nennt sich aber meistens Frank Jones. Er ist von mittlerer Statur, hat graubraunes Haar und eine Narbe am rechten Wangenknochen. Wir suchen ihn wegen schweren Raubes und haben Hinweise, dass er, nachdem er Brazoria verlassen hatte, auf dem Weg zu Ihnen war. Haben Sie ihn gesehen?"

Jessica Pine sah nervös ihren Mann an. Der entgegnete dem Marshal freundlich, aber etwas angespannt: „Ja, Marshal, es ist schon ein merkwürdiger Zufall. Gestern Abend kam ein Fremder zu uns und bat um Nachtquartier, und heute Morgen vor seiner Abreise sagte er, sein Name sei Frank Jones. Ihre Beschreibung passt auf ihn."

„Das ist der Mann. Hat er gesagt, wohin er wollte?", fragte der Marshal.

Donald gab bereitwillig Auskunft.

„Er sagte, er wolle nach Norden, nach Fort Worth oder so, Arbeit suchen. Er ist dann auch in nördlicher Richtung weggeritten."

„Wir werden ihn verfolgen. Falls er wieder auftauchen sollte, seien Sie extrem vorsichtig. Der Mann ist gefährlich, auch wenn es nicht den Anschein hat. Wenn Sie Hilfe brauchen sollten, wenden Sie sich an uns. Im Büro des County-Sheriffs in Brazoria ist immer jemand für Sie da. Sheriff Barrett hat entsprechende Anweisungen von mir, seien Sie also unbesorgt. Danke für Ihre Hilfe. Schönen Tag noch."

Mit diesen Worten machten Marshal Pierce und seine Deputies kehrt und ritten wieder hinaus, um der Spur des Fremden zu folgen.

„Hatte ich also recht", meinte Jessica Pine, „mir war der Mann von vorneherein nicht ganz geheuer."

Donald Pine schaute seine Frau mit fragendem Blick an, und schüttelte den Kopf.

„Aha. Und wer hat gestern Abend um Ruhe und Frieden gebeten, als der Mann beim Essen war und angeblich so müde vom Reiten?"

Er hatte angesichts der ungewohnten Umstände kaum Verständnis für den Wankelmut seiner Frau, auch wenn dieser für sie typische Charakterzug einem tiefen Bedürfnis entsprang, allen Menschen Gutes zu tun. So war sie eben. Donald liebte sie deshalb nur umso mehr. Und insgeheim musste er schmunzeln, als sie etwas pikiert entgegnete: „Ja, neck du mich nur. Jeder kann sich mal irren."

Besorgt mischte sich Laura ein: „Was machen wir denn, wenn der Mensch zu uns zurückkommt? Ich mache mir Sorgen wegen dieser Geschichte."

„Laura, Liebes, ich glaube nicht, dass er wiederkommt. Er hatte es doch sehr eilig", antwortete ihr Vater. „Und wenn er gesucht wird, hat er bestimmt kein Interesse daran, allzu oft mit seinen Mitmenschen in Kontakt zu kommen. Macht euch bitte keine Sorgen, meine Lieben. Der Marshal versteht seinen Job und wird den Mann garantiert schnell zur Strecke bringen, da bin ich sicher. Ich glaube, dass wir von der Sache nichts mehr hören werden. So, nun lasst uns unsere Arbeit beenden und dann den Rest des Samstags genießen."

Nach dem Abendessen saßen die Pines auf der Veranda und unterhielten sich. Es gelang, den Vorfall mit Frank Webster für den Rest des Abends unerwähnt zu lassen und sich anderen Themen zuzuwenden. John Tucker und die Sache mit dem Zuchtbullen bereitete Donald einiges an Kopfzerbrechen. Falls es Tucker in den Sinn kommen sollte, trotz des Erwerbs des Bullen seinen Teil des Vertrags nicht zu erfüllen, konnte es Schwierigkeiten geben. Der Zugang zum Wasser war lebenswichtig. Nötigenfalls musste sich Donald Pine sein Recht erstreiten. Dafür würde er jede Hilfe brauchen. Auch die all seiner Männer. Von denen waren derzeit nicht alle auf der Ranch. Vier von ihnen waren einen Tagesritt entfernt mit dem Branding der Jungtiere und dem Sichten des verbliebenen Viehbestandes beschäftigt. Außerdem hatte er sich mit dem Problem der sich immer weiter wie eine Pest ausbreitenden Weidezäune der Schafzüchter abzuplagen. Auch die Modernisierung der Ranch und die damit verbundenen Kosten lagen ihm weit mehr am Herzen als die Sache mit Webster, deren Lösung im Grunde gar nicht in seiner Zuständigkeit lag. Also warum sollte er sich darüber den Kopf zerbrechen? Die Ranch war das Wichtigste, hing doch das Überleben seiner Familie daran. Alles andere interessierte nicht.

Langsam ging der texanische Sommerabend in die Nacht über. Die Sonne versank hinter dem Horizont, die fast volle silberne Scheibe des Mondes erschien blass am Himmel und die Hitze des Tages wich spürbar zurück. In der Ferne heulte ein Kojote, die Grillen zirpten ihr immerwährendes Lied. Mit Einbruch der Dunkelheit verließen die Pines die Veranda, begaben sich ins Haus und machten sich fertig für die Nacht.

Laura ging mit gemischten Gefühlen zu Bett. Sie grübelte lange über der Sache mit diesem Webster. Sie war zwar halbwegs kräftig und durchtrainiert und ihre Eltern, obschon nicht mehr die Jüngsten, waren gesundheitlich noch auf der Höhe. Auch sonst hatten sie fremde Hilfe nicht nötig. Dennoch wusste sie mit Sicherheit, dass sie alle gegen diesen Mann kaum eine Chance hätten, würde er wider Erwarten zurückkommen und ihnen in irgendeiner Weise Böses wollen. Denn sie fürchtete sich vor seinen psychopathischen Neigungen, die in Gewalttätigkeiten ausarten konnten. Die hatte sie damals zur Genüge kennengelernt. Sie hoffte daher auf die Fähigkeiten von Marshal Pierce und seinen Männern. Die würden diesen Webster gewiss schnappen. Das war ja ihr Beruf. Sie entspannte sich allmählich und fiel schließlich in einen traumlosen Schlaf.

4

Mitten in der Nacht, es mochte gegen zwei Uhr früh gewesen sein, wachte Laura auf. Sie hatte nicht fest geschlafen, weil sie es übernommen hatte, nach dem kranken Fohlen zu sehen. Deshalb fiel es ihr nicht sonderlich schwer, jetzt aufzustehen. Sie tappte zum Kleiderschrank und zog sich ihren Mantel über das Nachtgewand, denn nach dem Kontrollgang im Stall wollte sie gleich wieder ins Bett. Kurz vor dem Verlassen ihres Zimmers vernahm sie plötzlich ein Geräusch. Es kam von draußen und war keines der üblichen, die man jede Nacht hörte. Sie konnte aber nicht erkennen, was es war.

Sie zuckte mit den Schultern, zog sich ein Paar Socken über und schlüpfte in ihre Stiefel. Dann schlich sie zu ihrer Zimmertür. Sie öffnete sie leise, um ihre Eltern nebenan nicht zu stören. Vorsichtig tastete sie sich im Dunkeln durch die Wohnstube, vorbei am Mobiliar bis zur Außentür und blieb dort stehen. Sie entriegelte die Tür behutsam, öffnete sie einen Spalt und lauschte angestrengt nach draußen. Nichts Ungewöhnliches war zu hören. Offenbar hatte sie sich getäuscht. Kopfschüttelnd öffnete sie und trat auf die Veranda.

Die laue Nachtluft umfing sie nach dem heißen Tag, der Mond stand am Himmel. Herüberziehende Schleierwolken verdeckten ihn leicht, sodass die Landschaft in einem unwirklichen Licht erschien. Laura stieg von der Veranda und marschierte hinüber zum Stall. Dort fand sie das Fohlen in seiner Box. Es drehte seinen Kopf langsam in ihre Richtung und schnüffelte. Laura gab ihm eine Rübe und tastete den Bauch ab. Der fühlte sich seit heute nicht mehr so aufgebläht an, wie noch vor einigen Tagen. Das Fohlen befand sich auf dem Weg der Besserung. Laura nickte zufrieden und verließ den Stall.

Auf dem Weg zurück zum Haus musste sie zur Toilette. Sie ging links am Haupthaus vorbei zielstrebig in Richtung auf das dahinter stehende Abtritthäuschen. Als sie es erreicht hatte, hielt sie abrupt inne, denn sie glaubte erneut, etwas Ungewöhnliches gehört zu haben. Sie lauschte wieder, doch es waren nur Kojoten, die sich in der Ferne zuheulten. Laura betrat das Häuschen, aber auch dort fand sie keine Anzeichen, dass irgendetwas anders war als sonst.

Kurze Zeit später verließ sie den Abort und schlurfte schläfrig zurück zum Haus. Die fahle Helligkeit hatte nachgelassen, da der Mond hinter einigen dichteren Wolken verschwunden war. Daher tastete Laura sich ein wenig unsicher an der Hauswand entlang zur Ecke, an der die Veranda begann. Sie erreichte die Hausecke – und erstarrte vor Schreck. Jemand war unbemerkt hinter sie getreten, hielt ihr mit einer Hand den Mund zu und drückte ihr gewaltsam einen harten Gegenstand in die rechte Seite.

„Wenn du nur einen Mucks machst, stirbst du schneller als du glaubst. Und ich kann dich umbringen, ohne dass es einer hört", zischte eine ihr bekannte Stimme aus dem Dunkeln. Sie wusste sofort, wer da die Dunkelheit genutzt hatte, um sich anzuschleichen: Webster. ‚Er ist zurückgekommen, ein vom Marshal gesuchter Verbrecher', schoss es ihr durch den Kopf. Sie geriet in Panik. Ihr Herz begann wie rasend zu hämmern.

„Vorwärts, zum Stall", raunte Webster, „und keinen Laut."

Er packte sie am rechten Arm und schob sie gewaltsam weg vom Haus in Richtung des Stallgebäudes, immer darauf achtend, dass sie sich nicht seinem harten Griff entzog.

„Hier lang, zum Haupttor!"

Er stieß sie vor sich her und bugsierte sie durch das Tor. Fieberhaft überlegte Laura einen Ausweg aus ihrer Lage. Sie versuchte, sich zu befreien, doch der Griff war eisenhart. Es erschien ihr hoffnungslos. Webster schob sie weiter am Zaun entlang in Richtung der Ställe, bis sie an deren rückwärtiger Wand angekommen waren. Dort hatte Webster sein Pferd festgemacht. Ein zweites stand gesattelt bereit. Sie erkannte eines ihrer eigenen Pferde. Hier sah Laura ihre Chance: Sie passte den Moment ab, als Webster mit einer Hand die Zügel vom Zaun losmachen wollte, entwand sich seinem Griff und versuchte wegzulaufen. Doch er hatte damit gerechnet. Er lief hinter ihr her und erreichte sie nach kaum zehn Yards. Laura schlug um sich und versuchte zu schreien, doch mehr als ein kümmerliches Krächzen brachte sie nicht zustande. Das Letzte, was sie wahrnahm, war Websters hasserfülltes Gesicht und ein heftiger Schmerz am Kopf. Dann wurde ihr schwarz vor Augen und sie spürte nichts mehr.

Als Laura aus ihrer Bewusstlosigkeit erwachte, fühlte sie einen unangenehmen Druck in der Magengegend. Ihr Kopf pochte heftig, alles um sie herum bewegte sich und verschwamm wie hinter einem Nebel. Sie wusste im ersten Moment nicht, wo oben und unten war. Doch allmählich wurde ihr die Lage bewusst. Sie lag bäuchlings festgebunden auf einem Pferd. Der Schmerz wurde inzwischen dermaßen heftig, dass sie laut stöhnte. Plötzlich hielt ihr Pferd an. Schemenhaft nahm sie wahr, dass jemand sich ihr näherte. Sie drehte den Kopf und sah Webster. Auf einmal wusste sie, was passiert sein musste. Frank Webster hatte sie offenbar entführt. Er trat an sie heran, band sie los und half ihr vom Pferd. Im Herabgleiten drehte Laura sich zur Seite und musste sich übergeben.

„Du bist wohl nicht sattelfest genug, wie? Man soll eben nie mit vollem Magen reiten gehen", sagte Webster voller Häme und ließ ein gehässiges Lachen hören.

Laura hustete heftig. Dann richtete sie sich auf und wollte etwas erwidern, aber er kam ihr zuvor und drohte ihr mit dem Zeigefinger.

„Ich will nichts hören! Streck deine Hände her zu mir. Sofort!"

Laura gehorchte eingeschüchtert. Webster zog einen Lederriemen hervor und band ihre Hände fest zusammen. Dann nahm er ein Tuch und knebelte sie.

„Wir wollen doch nicht, dass du um Hilfe rufst, nicht wahr?", sagte er.

Dann half er Laura auf ihr Pferd. Damit sie nicht fliehen konnte, hatte Webster die Trense mit den Zügeln weggelassen und dem Pferd nur eine mit einem Führseil umgebunden. Dieses Seil nahm er, schritt herüber zu seinem Pferd und saß auf.

Laura gelang es eben noch rechtzeitig, durch den Nebel der erneut in ihr aufsteigenden Übelkeit zu erkennen, dass Webster anritt und das Führseil sich straffte. Beinahe wäre sie vom Pferd gefallen. Doch sie konnte sich mit den Beinen festklammern und den Oberkörper ausbalancieren. Der Knebel saß unangenehm in ihrem Mund. Sie versuchte zu schreien, was natürlich nicht gelang, da ihre Stimme wegen des Knebels wie durch Watte klang. Webster hörte ihre vergeblichen Versuche, auf sich aufmerksam zu machen. Er drehte sich kurz zu ihr um, grinste, schüttelte mit dem Kopf und wandte sich wieder ab. Sie ritten schweigsam weiter.

Viel später, Laura kam es wie eine Ewigkeit vor, hielten sie an. Laura schaute sich um. Rings um sie her war nichts zu sehen außer der undeutlich im Dunkel der Nacht erkennbaren Landschaft. Der Mond spendete ein fahles Licht. Webster war abgestiegen und erneut an sie herangetreten. Er prüfte ihre gefesselten Hände und nickte zufrieden. Laura versuchte, etwas zu sagen. Mehr als ein ersticktes Gurgeln brachte sie aber nicht zustande. Ihr Peiniger betrachtete sie leicht amüsiert und grinste. Sie gab jedoch nicht auf. Ihre Stimme wurde immer lauter. Websters Grinsen erstarb. Auf seiner Stirn zeigte sich eine Zornesfalte. Doch er behielt die Kontrolle über sich. Schließlich blaffte er „Beug dich nach vorn!", und nahm ihr den Knebel aus dem Mund.

Laura spuckte aus, hustete krampfhaft und schluckte ein paar Mal. Dann stieß sie erschöpft hervor: „Wo bin ich? Warum hast du mich überfallen? Was willst du von mir?" Sie versuchte, ihre Angst zu überspielen und mit fester Stimme zu sprechen.

„Ich brauche dich als Geisel. Marshal Pierce will mich festnehmen, aber das soll ihm nicht gelingen. Mehr brauchst du nicht zu wissen", gab er zur Antwort.

Danach überließ er Laura sich selbst und verfiel in

Schweigen. Sie ritten weiter. Nach längerer Zeit gelangten sie zu einem leichten Hang, an dessen Fuß sich eine Art Sierra ausbreitete mit Buschwerk und Kakteenbewuchs, hier und da einige Bäume. In der Ferne glänzte im Mondlicht ein kleiner Fluss. Webster ordnete an, dass sie hier rasten würden.

Von Lauras Ranch, der Stadt oder sonstigen menschlichen Behausungen war weit und breit nichts zu sehen. Sie befanden sich offenbar mitten im Nirgendwo. An der Stelle, wo sie und ihr Entführer Rast gemacht hatten, stand ein einsamer Judasbaum, umgeben von dichtem Gestrüpp, das einen Halbkreis um eine kleine Sandmulde bildete, in der Laura nun saß. Trotz der lauen Nacht fröstelte sie leicht, was sicherlich eher ihrer Angst vor dem Morgen entsprang, als dass es durch die Witterung verursacht wurde. Webster saß einige Meter abseits auf einem alten Baumstumpf, sein Gewehr griffbereit und die Pferde angebunden, wo sie friedlich am Buschwerk knabberten. Soweit Laura ihre Lage beurteilen konnte, war an eine Flucht nicht zu denken. Sie war gefesselt. Außerdem wusste sie nicht, wo genau sie haltgemacht hatten. Daher war sie zunächst auf Webster angewiesen und musste hoffen, dass ihre Eltern ihre Entführung so bald wie möglich bemerken und den Sheriff alarmieren würden. Ohne fremde Hilfe war sie Webster auf Gedeih und Verderb ausgeliefert. Zunächst blieb ihr keine Wahl, als sich zu fügen. Eine Chance hatte sie: Als Geisel war sie verhältnismäßig sicher, vorerst am Leben zu bleiben. Das hatte sie begriffen. Also war es im Grunde ein Glücksfall, dass Webster ihr den Zweck ihrer Entführung verraten hatte. Das machte ihr etwas Hoffnung.

5

Donald Pine erwachte gegen halb sechs, als die Sonne sich anschickte, über den Horizont im Osten zu klettern. Jetzt am Sonntag brauchte er sich mit dem Aufstehen nicht so sehr zu beeilen. Er konnte genauso gut noch ein wenig liegen bleiben. Seine Frau neben ihm schlief und Laura nebenan war sicher ebenfalls noch nicht auf, dachte er. Das war nach den letzten Ereignissen ja auch kein Wunder. Sie alle hatten es verdient, am Sonntag etwas ausschlafen zu können. Nach dem Frühstück würden sie wie gewohnt zum Gottesdienst in die Stadt fahren. Er drehte sich noch einmal auf die Seite und fiel in einen Halbschlaf. Eine Stunde später war er plötzlich hellwach und sprang aus dem Bett, wovon Jessica ebenfalls erwachte.

„Was ist denn, Donald?", fragte sie schlaftrunken.

„Psst! Draußen stimmt was nicht, da hat eine Tür geklappert", warnte er seine Frau.

„Das ist sicher Laura, sie muss mal", murmelte Jessica, worauf Donald leise widersprach.

„Nein. Das hört sich nicht so an, als wenn jemand eine Tür ganz normal aufmacht. Ich seh mal nach. Bleib im Zimmer und rühr dich nicht!"

Vorsichtig schlich Donald zur Schlafzimmertür, öffnete sie um ein paar Inches und schielte in die Wohnstube. Gleich darauf riss er die Tür komplett auf und starrte auf die weit geöffnete Eingangstür, die in der aufkommenden sanften morgendlichen Brise leicht hin und her schwang. Mit einem Satz hechtete er in die Wohnstube zur Wandhalterung, in der seine Gewehre steckten, schnappte sich die Winchester, lud durch und war mit einem weiteren Satz an der Tür. Dort schaute er mit äußerster Vorsicht nach draußen, konnte aber niemanden sehen. Er sah sich in der Wohnstube um und entdeckte schließlich, dass Lauras Zimmertür ebenfalls offen stand. Sofort lief er hinüber und fand ihr Bett zwar benutzt, aber leer. Das Bettlaken fühlte sich kalt an. Sie war nicht da.

Donald rannte auf die Veranda und schaute sich panisch nach allen Seiten um. Dann lief er hinüber zu den Ställen, schließlich zum Toilettenhäuschen. Aber seine Tochter war nirgends zu finden. Während er begann, die Gegend abzusuchen, blieben seine Augen an etwas hängen, das ungefähr zehn Yards außerhalb des Anwesens auf der Erde lag. Er rannte darauf zu und erkannte den Fetzen eines geblümten Kleidungsstücks. Der Fetzen gehörte zu Lauras Nachtgewand! Donald stieß einen verzweifelten Schrei aus. Ron Duggan und Diego Sanchez waren bereits aufgestanden. Als sie den Rancher hörten, eilten sie sofort herbei.

„Was ist los, Boss?", riefen sie.

Donald Pine gab hektisch und in heller Aufregung zurück: „Es ist was Furchtbares passiert!" Dann rannte er zum Haus, wo ihm Jessica sorgenvoll entgegeneilte.

„Liebling", rief er, „Laura ist weg. Ich kann sie nirgends finden. Hier ist ein Stück von ihrem Nachthemd, ich glaube, es ist ihr etwas zugestoßen."

Donald war in heller Aufregung. Voller Angst um seine Tochter. Seine Gedanken überschlugen sich. Jessica fuhr ein gewaltiger Schreck durch alle Glieder. Doch bald schaffte sie es, sich selbst und ihren Mann zu beruhigen und einen klaren Kopf zu bekommen.

„Wir müssen zum Sheriff. Sofort. Allein sind wir machtlos. Nur er kann uns helfen", schlug sie vor. „Los, komm, lass uns den Wagen anspannen. Wir müssen etwas unternehmen."

„Du hast recht, Jessy", pflichtete Donald ihr bei. „Panik hilft uns nicht weiter. Wir müssen bei klarem Verstand sein."

Eine kurze Weile hielt er inne und schien nachzudenken. Währenddessen hatten die beiden Cowboys begonnen, die Kutsche fertig zu machen. Da sah Diego die leere Box.

„He, Boss, eins der Pferde fehlt!"

Donald traf die Erkenntnis wie ein Schock. Er zählte eins und eins zusammen: Laura im Nachthemd unterwegs, ein Pferd nicht da? Das konnte nur eins bedeuten.

„Ich glaube, jemand hat Laura entführt!"

Er schlug die Hände vor sein Gesicht. Seine Tochter! Warum? Er weigerte sich, es zu akzeptieren. Ein Weinkrampf schüttelte ihn. Wut und Schmerz brachen sich Bahn. Doch es gelang ihm, sich schnell wieder zu fassen. Mit aller Kraft sah er der Wahrheit ins Gesicht und versuchte, einen Zusammenhang herzustellen. Da erhellte sich seine Miene.

„Ich vermute, ich weiß, wer dahinter steckt. Erinnerst du dich an die Worte des Marshals? Ich denke, es ist Frank Jones oder Webster oder wie er heißt."

Mit entschlossener Miene wandte er sich an die beiden Cowboys und ordnete an: „Männer, während meine Frau und ich weg sind, bewacht ihr bitte die Ranch. Ich möchte nicht, dass noch mehr passiert. Okay? Machen wir uns fertig und dann los."

‚Nicht mal sonntags hat man seine Ruhe', dachte County-Sheriff Jim Barrett, als er unsanft durch ein lautes und sehr rücksichtsloses Poltern an der Haustür aus dem Schlag hochfuhr. Missmutig stand er auf und machte sich nicht die Mühe, seiner Frau zuliebe leise zu sein, denn der Lärm hatte sie ebenfalls geweckt. Er schlurfte verärgert und vor sich hin fluchend zur Tür und als er öffnete, ergoss sich ein aufgeregter Wortschwall über ihn, von dem er etwa nur die Hälfte verstand: irgendwas von Donald Pine und letzte Nacht und Entführung. Barrett rieb sich die Augen und erkannte seinen Gehilfen Ted, einen aufrechten Jungen von siebzehn Jahren, der sich angeboten hatte, während der Nacht im Büro des Sheriffs eine Art Bereitschaftsdienst zu tun. Diesen Job erledigte er seit einigen Wochen regelmäßig und zu Barretts Zufriedenheit.

„Nun mal langsam, Ted, was ist passiert? Verstehe kein Wort von deinem Kauderwelsch", beruhigte Barrett den aufgeregten jungen Mann.

Der fasste sich und wiederholte, nun deutlich beherrschter. „Also, letzte Nacht ist Donald Pines Tochter entführt worden. Er ist gerade mit seiner Frau drüben im Büro, Sheriff. Sie sind beide zutiefst besorgt und brauchen Ihre Hilfe, am besten auch die des Marshals."

„Wenn wir es schaffen, ihm eine Nachricht zukommen zu lassen er ist gerade dabei, einen Verdächtigen zu verfolgen", gab Barrett zu bedenken.„Warte kurz", fügte er hinzu und trat zurück ins Haus, um sich rasch anzuziehen. Während er sich von seiner Frau verabschiedete, legte er den Revolvergürtel an und verließ das Haus.

„Gehen wir mal rüber und hören, was Pine zu erzählen

hat. Trommel du ein Aufgebot zusammen. Wir brauchen zuverlässige Männer für eine Suchaktion. Vergiss nicht Buck, den Fährtenleser."

Doch Ted blieb stehen und schaute den Sheriff etwas unverständig an.

„Was ist?", fragte der ungeduldig.

„Sheriff", meinte Ted, „nichts für ungut, aber Sie können doch selbst gut genug Spuren lesen. Wozu dann Buck holen?"

Barrett sah Ted einen Moment lang schweigend an und erklärte dann seine Absicht langsam und deutlich.

„Ted, danke, dass du das sagst. Aber es ist besser, Buck dabei zu haben. Vier Augen sehen mehr als zwei."

Mit diesen Worten machten sie sich auf zu Barretts Büro die Straße hinunter.

6

Das Aufgebot des Sheriffs erreichte die Ranch der Pines gegen zehn Uhr morgens. Donald Pine hatte sich einen zügigeren Aufbruch aus der Stadt gewünscht und permanent zur Eile getrieben, es war aber leider nicht machbar gewesen, alle verfügbaren Männer zeitig genug aufzutreiben. Jedenfalls kam man nun endlich am Ort der Entführung an und Donald und Jessica zeigten Sheriff Barrett und seinen Männern die Stelle, an der der Fetzen von Lauras Nachthemd gelegen hatte. Sofort machte sich Buck der Fährtenleser an die Arbeit. Er erkannte die Spuren eines kurzen Kampfes in der Nähe der Ställe. Nach einigem Suchen fand er die Spur zweier Pferde. Sie führte weg von der Ranch nach Westen. Nach Lage der Dinge musste das die Spur des Entführers sein. Alle anderen Spuren waren entweder zu verweht und nur undeutlich zu erkennen oder passten nicht in den Zusammenhang.

Buck hatte auf dem Gebiet des Fährtenlesens eine jahrelange Erfahrung und hatte sich nur selten einmal getäuscht. Als das Aufgebot die Spur aufnehmen wollte, entdeckte einer der Männer plötzlich drei Reiter, die sich aus nördlicher Richtung näherten. Marshal Pierce kehrte in Begleitung seiner beiden Helfer zurück zur Ranch. Er war Websters Spur gefolgt und hatte festgestellt, dass sie merkwürdigerweise umkehrte, was er nicht erwartet hatte. Das Aufgebot vor Donald Pines Ranch erregte seine Aufmerksamkeit. Als er dort ankam, klärte ihn ein kurzes Gespräch mit den Männern des Sheriffs über die geänderte Sachlage auf. So wurde beschlossen, der neuen Spur gemeinsam und unverzüglich zu folgen.

Shane Parker war an diesem Morgen zeitig aufgestanden. Er hatte von seinen Eltern frei bekommen, weil heute mal wieder ein Besuch bei den Pines anstand. Genauer gesagt bei Laura, seiner Verlobten. Er freute sich über alle Maßen auf einen herrlichen gemeinsamen Tag und konnte es kaum erwarten, vom Frühstückstisch loszukommen.

„Deinen Teller wirst du doch wohl noch leer essen, Shane", ermahnte ihn seine Mutter. „Es kann nicht schaden, wenn du ausreichend satt zu deiner Verabredung gehst."

Typisch Mum, dachte Shane, so ist sie immer. „Ja, ich esse in Ruhe zu Ende, bin gleich fertig." Er beeilte sich aber dennoch, weil er den Tag ausnutzen wollte.

Kaum hatte er sein Frühstück beendet, stand er vom Tisch auf, gab seiner Mutter einen Kuss und verabschiedete sich von beiden Eltern.

„Bis heute Abend bin ich zurück. Schönen Sonntag für euch. Macht es gut!"

Und fort war er.

Ohne Umwege schlug er den Weg zu den Pines ein. Laura und er kannten sich schon sehr lange. Aber er dachte immer noch gern an die Zeit zurück, als seine Liebe zu ihr noch frisch war. Sie beide wollten bald heiraten, und er hatte vor, sie an der elterlichen Plantage bei allen Dingen zu beteiligen, wenn er den Betrieb übernehmen würde. Das Geschäft mit Zucker blühte. Wie es schien, würde sich das in den nächsten Jahren noch verbessern.

Nach etwa einer halben Stunde kam er in Sichtweite des

Pineschen Anwesens. Was er sah, machte ihn stutzig. Vor der Ranch waren ungewöhnlich viele Reiter versammelt. Shane erhöhte das Tempo und erreichte die Gruppe, die offenbar im Aufbruch war.

„Wer sind Sie denn?", wurde er von einem der Männer angesprochen.

„Dasselbe könnte ich Sie fragen. Ich bin Shane Parker von der Sand Creek Plantage weiter östlich. Ich bin Laura Pines Verlobter. Was ist denn hier los? Was machen Sie hier am Sonntagmorgen?", fragte Shane zurück. Er hatte das Blitzen eines Marshal-Sterns wahrgenommen.

Marshal Pierce ritt neben ihn und versuchte, in sachlichem Tonfall mit ihm zu sprechen.

„Leider muss ich Ihnen mitteilen, dass Ihre Verlobte heute Nacht entführt wurde."

Shane Parker erstarrte vor Schreck.

„Bleiben Sie ganz ruhig!", fuhr der Marshal fort. „Wir haben eine Spur und kennen den Entführer. Ich bin sicher, dass wir sie Ihnen gesund wieder zurückbringen."

Shane spürte einen Stich in seinem Herzen, das anfing, wie wahnsinnig zu hämmern, so sehr hatte die Nachricht ihn aufgewühlt. Gleichzeitig keimte verzweifelte Wut in ihm auf.

„Wer hat es gewagt, meiner Laura ein Leid anzutun?", brachte er mit gepresster Stimme hervor.

Sheriff Barrett erwiderte: „Der Typ heißt Frank Webster. Wir suchen ihn wegen schweren Raubes. Entschuldigen Sie, aber wir sollten jetzt los, Marshal, wenn wir ihn noch schnappen wollen."

Der Marshal nickte.

„Warten Sie!", rief Shane und atmete ein paar Mal tief durch.„Nehmen Sie mich mit, bitte." Er sah dem Marshal entschlossen ins Gesicht.

„Nun ja", meinte Pierce, „Einverstanden. Könnte mir vorstellen, dass Sie sowieso keine ruhige Minute haben, wenn Sie hierbleiben."

„Ich komme ebenfalls mit", ließ sich Donald Pine vernehmen. Er hatte inzwischen den Wagen abgestellt und sein Reitpferd aus dem Stall geholt.

Seine Frau fiel ihm ängstlich in den Arm: „Donald, meinst du nicht, dass das zu gefährlich ist? Was, wenn dir etwas zustößt?"

„Liebes, es ist unsere Tochter. Da kann ich nicht zu Hause ruhig sitzen bleiben und die Hände in den Schoß legen. Keine Angst, mir wird schon nichts passieren."

Jessica war nicht überzeugt.„Pass auf dich auf. Bitte!", flehte sie ihren Mann an.

„Ja, das mache ich. Tu mir einen Gefallen. Schicke einen der Männer zu Parkers. Er soll ihnen ausrichten, dass ich mit Shane und dem Marshal unterwegs bin. Okay?"

Jessica versprach es.

„Können wir dann?", fragte Marshal Pierce ungeduldig.

Als niemand widersprach, gab er das Zeichen zum Aufbruch und der Trupp machte sich im Galopp auf die Fährte des Entführers.

Webster hatte Mühe, den Vorsprung vor seinen Verfolgern erheblich zu vergrößern. Er besaß zwar zwei Pferde. Lauras Reittier musste er aber an einer Leine führen. Damit war Reiten in mehr oder weniger hohem Tempo auf Dauer nicht

zu schaffen. Das geführte Pferd würde zwar seinem Artge-
nossen folgen. Aber es bestand immer die Gefahr, dass es
aus irgendeinem Grund scheute und ausbrach. Als riskant
entpuppte sich dabei die am Sattelknauf angebundene Führ-
leine. Brach Lauras Pferd aus, konnte es alle beide umrei-
ßen. Daher ging es nur in mittlerem Tempo voran. Webster
schätzte das jedoch als ausreichend ein.

Er wusste, dass Marshal Pierce mit ein paar Leuten hinter ihm her war. Daher konnte er sich an fünf Fingern aus-
rechnen, dass er nur in den Hügeln weiter westwärts eine
Chance hatte. Dort gab es genug Deckung. Das würde ihn
in die Lage versetzen, die Verfolger auf Abstand zu halten
und, sollte es soweit kommen, auf diese Weise zu seinen
Gunsten verhandeln zu können.

Webster und Laura folgten dem Lauf des Colorado River
flussaufwärts. Am späten Nachmittag erreichten sie höher
gelegenes Gelände. Bis zum Edwards Plateau war es noch
weit. Ob sie bis dahin kommen würden, wusste er nicht.
Falls es ihm nicht gelang, seine Verfolger abzuschütteln,
hatte er immer noch Laura als Trumpfkarte. Er machte sich
nicht allzu viele Sorgen. Am Abend hatten sie die ersten
Hügel erreicht und kamen in eine dichter bewachsene Gegend. Webster fand ein Versteck auf einer flachen Anhöhe in
einem kleinen Wäldchen, von wo aus er unverstellte Sicht
auf den Weg, den sie gekommen waren, hatte. Bis hierher
war alles glattgegangen.

Laura war erschöpft und zu keinem Widerstand mehr bereit. Auch Webster spürte ächzend seinen Körper. Jedoch
war er nicht so müde, dass er alle Vorsichtsmaßnahmen
außer Acht ließ. Deshalb musste Laura eine weitere Nacht

gefesselt verbringen. Für sie war dies alles sehr entbehrungsreich und kräftezehrend. Doch immerhin bot Webster ihr etwas von seiner Verpflegung an, was sie widerwillig annahm. Die Vernunft sagte ihr, nur dann überleben zu können, wenn sie mit ihrem Entführer kooperierte. Es wäre in dieser Lage sträflicher Leichtsinn, jede Form von Nahrung auszuschlagen, nur weil ein Mensch sie ihr anbot, der ihr zutiefst zuwider war.

Langsam kauend dachte sie nach. Wenn es ihr nur gelänge, ihn zu verunsichern! Ihn womöglich dazu zu bewegen, ihr wenigstens ein paar Erleichterungen zu gewähren. Beispielsweise ihre Fesseln nicht ganz so straff anzuziehen.

Sie nahm ihren Mut zusammen und begann zaghaft ein Gespräch.

„Wie weit müssen wir noch?"

Webster reagierte zunächst nicht. Laura wagte es nach ein paar Minuten erneut.

„Wenn wir nicht schneller vorankommen, holen uns unsere Verfolger ein. Nicht dass mir das was ausmachen würde, aber ..."

„Halt den Mund", unterbrach Webster sie barsch. Nach einer Weile versuchte Laura es noch einmal.

„Du hast keine Chance gegen den Marshal. Er wird uns einholen und dich verhaften."

Webster fixierte sie mit spöttisch hochgezogenen Augenbrauen.

„Erst einmal muss er uns einholen. Dann werden wir sehen, wer besser verhandeln kann. Außerdem kann ich erstklassig mit der Winchester umgehen. Und dann wäre es besser, wenn du nicht so viel reden würdest. Sei still jetzt."

Laura fügte sich. Nach etwa zehn Minuten nahm sie das Gespräch wieder auf und versuchte, ihren Entführer auf subtilere Art zum Reden zu bringen.

„Warum tust du das alles? Was hast du davon, wenn du dich gegen das Gesetz stellst?"

Frank Webster stand langsam auf, schlurfte zu ihr hinüber und grinste sie hämisch an.

„Und du? Tochter eines Schlappschwanzes von Rinderhirte? Der es nicht schafft, seine Familie zu beschützen?"

Er lachte meckernd auf. Laura fühlte verzweifelte Wut in sich aufsteigen und fauchte ihren Peiniger unter Tränen an.

„Du dreckiger Mistkerl! Du hast kein Recht, meinen Vater so …"

Weiter kam sie nicht. Webster verpasste ihr eine schallende Ohrfeige, sodass sie das Gleichgewicht verlor und zur Seite wegrollte.

„Halt's Maul, Schlampe!", zischte er kalt.

Um seinen Worten mehr Nachdruck zu verleihen, zog er Lauras Fesseln mit einem unbarmherzigen Ruck fester an. Es schien ihm Spaß zu machen, ihr auf diese Weise noch mehr Schmerzen zuzufügen. Denn als Laura leise wimmerte, lachte er nur und starrte sie gefühllos an. Dann packte er sie an ihren auf den Rücken gefesselten Händen und verdrehte sie in Richtung der Schulterblätter. Laura stieß einen qualvollen Schrei aus. Doch Webster hielt den Griff einen Moment lang und schlug Laura dann brutal zu Boden.

„Schrei du nur, es hört dich ja doch niemand."

Damit ließ er sie liegen und setzte sich wieder auf seinen Baumstumpf. Laura schluchzte leise und wütend vor sich hin und brauchte eine Weile, um sich leidlich zu beruhigen.

„Wenn Shane davon erfährt, dann Gnade dir Gott", stieß sie voller Verzweiflung hervor.

„Shane? Diese Bohnenstange? Vor dem hab ich keine Angst", gab Webster zurück.

„Er ist tausendmal mehr wert als du", wetterte Laura.

Webster schleuderte ihr aufgebracht entgegen: „Und du? Du wagst es, mir mit so etwas zu kommen? Mich erst bezirzen, dann fallen lassen wie eine heiße Kartoffel und sich einen anderen nehmen! Das nenne ich Hure!"

Darauf blieb Laura zunächst einmal die Spucke weg. Die Zornesröte schoss ihr ins Gesicht. Sie wusste genau, wie es damals war. Ja, sie hatte eine Affäre mit Webster, wenn auch nur für ein paar Wochen. Ja, sie hatte ihm den Laufpass gegeben. Aber nur, weil sie bald erkannt hatte, dass Webster ziemlich gewalttätig werden konnte, wenn ihm etwas gegen den Strich ging. Und nachdem er sich ihrer Liebe sicher geglaubt hatte, hatte er sein wahres Gesicht gezeigt. Frauen betrachtete er als bloßes Mittel zum Zweck, als dem Mann von Natur aus untertane Sklavin. Erst als ihr das klar geworden war, hatte Laura die Affäre abrupt beendet.

„Du elendes Schwein!", stieß sie zornentbrannt hervor.

„Ich?!" Webster wollte nicht glauben, was er da hörte. „Du warst es doch, die mich verlassen hat! Und jetzt habe ich dich zurück. Jetzt wirst du meine Frau, das steht mal fest."

Laura fühlte ihren Blutdruck ansteigen. Am liebsten hätte sie ihn ins Gesicht geschlagen, doch ihre Fesseln hinderten sie daran. Was bildete sich dieser Webster ein? Bevor sie auf diese Unverfrorenheit antworten konnte, redete er weiter. Aus purer Gier ließ er sich dazu hinreißen, mehr zu sagen, als er ursprünglich wollte.

„Wir werden sehr reich sein. Ich habe viel Geld! Wir müssen es uns nur holen."

„Niemals! Eher sterbe ich!"

„Folgsamkeit hat man dich wohl nicht gelehrt? Das muss sich ändern."

Damit näherte er sich ihrem Gesicht bis auf wenige Inches und zischte: „Du wirst tun, was ich verlange. Und dann bist du mein!"

Gierig fiel er über Laura her. Er versuchte, sie auf den Mund zu küssen. Doch sie wich entsetzt zurück. Webster reagierte sofort. Mit einer Hand packte er ihren Hinterkopf, sodass sie vor ihm nicht mehr ausweichen konnte, und bedeckte ihren Mund und Hals mit hemmungslosen Küssen. Laura versuchte panisch, ihren Kopf wegzudrehen. Doch er hielt sie an den Haaren fest. Die Schmerzen zwangen sie stillzuhalten. Mit der anderen Hand begann Webster jetzt mit fahrigen Griffen, seine Hose aufzuknöpfen. Laura würde wegen ihrer auf den Rücken gebundenen Hände nichts gegen ihn ausrichten können, glaubte er.

Laura kreischte wie am Spieß, doch es nutzte ihr nichts. Sie wusste: Hier war weit und breit niemand, der sie hören und von ihrem Peiniger befreien konnte. Trotzdem schrie sie ihre ganze Angst und Wut, wild um sich tretend, heraus. Der unbändige Hass auf Frank wurde immer größer, je mehr sie spürte, dass er seinem bestialischen Ziel näher kam. Die Hose hatte er bereits ein Stück weit heruntergerissen.

Laura nutzte ihre Chance, als er kurz mit dem Gezerre an seiner Hose abgelenkt war, und warf ihren Unterkörper zur Seite. Frank wurde durch ihre Gegenwehr noch wütender.

Er ließ ihre Haare los, um sie nun mit beiden Händen wieder in eine für sein Vorhaben bessere Position zu pressen. Er riss ihren Rock nach oben und ihre Unterhose herunter. Laura schrie aus Leibeskräften. Davon unbeeindruckt quetschte Frank sich gewaltsam zwischen ihre Beine.

Doch weiter kam er nicht. Die Angst und der Hass verliehen Laura schier übermenschliche Kraft. Mit dem Mut äußerster Verzweiflung gelang es Laura, ihn abzuschütteln. Wie eine Furie um sich tretend, erwischte sie ihn mit voller Wucht zwischen den Beinen. Da erst ließ er von ihr ab. Ein stechender Schmerz fuhr ihm in den Unterleib und lähmte ihn für kurze Zeit. Mehrmals musste er heftig ein- und ausatmen. Ein Schwindelanfall überkam ihn, sodass er sich an einem der Bäume festhalten musste. Fast wurde ihm schlecht. Doch er schluckte den Brechreiz herunter. Schließlich wankte er laut stöhnend zu seinem Baumstumpf zurück.

„Du Schlampe", presste er zwischen zusammengebissenen Zähnen hervor. „Das wirst du teuer bezahlen!"

Doch die nahezu unmenschliche Pein hielt ihn von weiteren Gewaltausbrüchen ab. Lauras Atem ging stoßweise. Sie kroch so weit wie möglich weg von ihrem Peiniger und zitterte am ganzen Körper. „Du sollst verrecken, du Ungeheuer!", schrie sie ihn an. Dann erlitt sie einen Weinkrampf und rollte sich vor dem Buschwerk am Rand der Mulde zusammen. An Schlaf war nicht mehr zu denken. Immer wieder starrte sie zu Webster hinüber aus Angst, er könnte sich ihr noch einmal nähern. Wenn nur der Marshal bald käme, hoffte sie verzweifelt. Schließlich fiel sie vor lauter Erschöpfung doch noch in einen traumlosen Schlaf.

Eine Verfolgung lief immer nach dem gleichen Schema ab: Die Gesetzeshüter trafen am Ort des Verbrechens ein. Sie befragten Zeugen und Angehörige. Danach nahmen sie die Fährte auf und folgten ihr. Mal mit mehr Erfolg, mal mit weniger. Am Ende stellten sie die Verdächtigen und verhafteten sie. Meistens. Dies und die Überführung an den zuständigen Richter sollten vor allem unblutig erfolgen. Das gelang jedoch nicht immer. Das Schlimmste war, dass man sich oft den Widrigkeiten der Natur aussetzen musste. Und je abgebrühter die Verbrecher waren, desto schwieriger gestalteten sich Suche und Verfolgung.

,Bin langsam zu alt für den Job. Immer derselbe Trott, immer diese Anstrengungen', dachte sich daher Sheriff Barrett, als er und seine Männer am anderen Morgen dem Führungstrio mit Marshal Pierce an der Spitze hinterher trabten. Allen voran ritt der unermüdliche Buck, der Websters Spur mit stoischer Ruhe folgte, ja sie förmlich in sich aufsog wie ein Wolf, der Witterung von seiner Beute aufgenommen hatte und nicht ruhte, bis er sie gestellt hatte.

Diese Spur führte weg vom Farmland der Küstenregion und durch Grasland. Bald ritten sie über steinigen Boden, durch kleine Flussläufe, die ein feines Netz bildeten und teils in den weiter westlich fließenden Colorado River mündeten. Dann verlief die Fährte auf etwas höher gelegenem Terrain durch eine Sierra, an deren Ende sich ein sanfter Hang befand. Auf dem Hügelkamm stand ein einsamer Judasbaum, direkt vor einer kleinen Sandmulde mit wildem Buschwerk rings herum.

Hier traf der Trupp gegen Mittag auf Spuren des ersten Nachtlagers von Webster und Laura. Buck konnte feststellen, dass sie sich den Verfolgten bereits genähert hatten, denn die Spuren erschienen noch recht frisch. Marshal Pierce trieb zur Eile, um bis zum Abend den Abstand zu Webster und Laura erheblich zu verringern. Einholen würden sie sie heute sicher nicht mehr. Dafür war der Vorsprung mit etwa fünf Stunden zu gewaltig. Aber es bestand eine nicht geringe Chance, am nächsten Tag mit ihnen zusammenzutreffen. Das setzte Schnelligkeit und nur kurze Pausen voraus. Das Tempo wurde erhöht und die Kavalkade der Verfolger preschte unter Bucks Führung im Galopp voran.

Als die Abenddämmerung einsetzte, hielt der Trupp an einem kleinen Wasserlauf an. Marshal Pierce wies seine Männer an, ein Lager für die Nacht einzurichten. Am nächsten Morgen sollte es beim ersten Anzeichen der Dämmerung weitergehen.

„Schlafen Sie alle gut, damit Sie morgen bei Kräften sind. Ich übernehme die erste Wache. Joe Finch löst mich dann ab." Mit diesen Worten zog der Marshal sich zur Nachtruhe zurück. Seine Männer taten es ihm einer nach dem anderen gleich. Inzwischen hatte sich Dunkelheit über das Nachtlager gelegt. Undeutlich hoben sich die Baumwipfel im fahlen Mondlicht gegen den nächtlichen Himmel ab. In der Ferne waren einige Tiere zu hören. Ansonsten blieb es still.

„Ich kann nicht schlafen", raunte Shane seinem künftigen Schwiegervater zu. Er machte eine Pause, dann begann er erneut. „Wenn ich daran denke, dass irgendwo vor uns dieser Mistkerl ist und sich vielleicht an meine Laura heranmacht ..."

Donald Pine murmelte etwas Unverständliches. Er hatte keine Lust zu antworten und wollte schlafen.

„Wir sollten weiterreiten. Sofort!", fing Shane wieder an.

Donald drehte sich zu Shane um. Seine Hand legte sich auf dessen Arm und drückte ihn leicht. „Du hast doch den Marshal gehört. Wir schlafen jetzt und sammeln Kraft für morgen. Das ist besser."

Shane gab jedoch keine Ruhe. Es ging ihm gegen den Strich, tatenlos herumzuliegen. „Ich bringe den Dreckskerl eigenhändig um, wenn er sich auch nur einen Moment lang an Laura vergreift!"

Er richtete sich auf, doch Donald zwang ihn behutsam, sich wieder hinzulegen.

„Shane, reiß dich zusammen!", flüsterte er. „Was glaubst du, wie es mir geht? Laura ist meine Tochter. Ich würde auch am liebsten sofort weiterreiten. Aber das würde uns nur unnötig Kraft kosten. Das hält doch keiner aus, ständig im Sattel. Vor allem nicht die Pferde."

„Entschuldige, das hatte ich nicht bedacht."

„Schon gut. Lass uns bis morgen warten. Schlaf jetzt, mein Junge."

Shane murmelte einen Gutenachtgruß und drehte sich zur Seite. An Schlafen war nicht zu denken. Doch er versuchte, sich zu beruhigen, so gut er es vermochte.

Jessica Pine fühlte sich in dieser Nacht nicht besser. Sie lag lange wach und dachte an ihre Tochter. Elend vor Angst um Laura fing sie immer wieder an, vor sich hin zu schluchzen. Sie konnte nichts an der Situation ändern, außer zu hoffen, dass es Marshal Pierce und seinen Männern gelingen würde, Laura zu befreien.

Sie versuchte, an etwas Positives zu denken. Sie stellte

sich vor, Laura ginge es sicher gut.

Doch was, wenn dieser Webster ihr etwas angetan hatte? Was, wenn sie nie wieder gesund und sie selbst sein konnte nach ihrer Befreiung? Jessica fühlte sich elend vor Sorge. Marshal Pierce würde es vermutlich schaffen, ihr Laura zurückzubringen. Aber gab es eine Garantie, dass das Unternehmen klappte?

Gott sei Dank, dass wenigsten ihr Mann dabei war. Sie machte sich zwar nach wie vor auch um ihn Sorgen, hatte sie seiner Teilnahme an der Jagd doch nur widerstrebend zugestimmt. Aber in ihrem Herzen wusste sie, dass Donald alles, was in seiner Macht stünde, versuchen würde. Er würde ihre Laura befreien helfen.

Ein wenig beruhigter beschloss sie, sich abzulenken. Sie zog sich ihren Morgenmantel über und schritt in die Küche, um sich etwas Wasser zu holen. Dann schlenderte sie in die Wohnstube. Dort zündete sie eine auf dem Esstisch stehende Petroleumlampe an und setzte eine ihrer Näharbeiten fort, die sie bei Websters Ankunft unterbrochen hatte.

7

Websters und Lauras Aufbruch am Montag gestaltete sich nicht mehr so reibungslos wie bisher. Offenbar hatte Webster sein Pferd zu stark beansprucht. Nachdem er es gesattelt hatte und alles zum Aufbruch bereit schien, zuckte es unruhig wiehernd zur Seite, während Webster aufsitzen wollte. Er versuchte es erneut, doch das Pferd bockte und verdrehte offensichtlich von Schmerzen geplagt die Augen. Webster gab es auf, beruhigte sein Pferd und tastete Vorder- und Hinterläufe ab. An der Vorhand fühlte er oberhalb des linken Fesselgelenks eine leichte Schwellung. „Verdammt, ausgerechnet jetzt", fluchte er, denn ihm wurde schlagartig klar, dass sie mit einem lahmenden Pferd erheblich geringere Chancen hatten. Eine Schwellung konnte Tage anhalten, das wusste Webster. Aber selbst wenn sie nach einiger Zeit der Erholung wieder zurückgehen sollte, würden sie ein Gutteil ihres Vorsprungs verlieren. Angesichts der veränderten Situation frohlockte Laura insgeheim, ließ sich jedoch nichts anmerken und tat nach außen unbeteiligt. Webster führte sein Pferd vorsichtig im Kreis, um die Beweglichkeit zu testen, und entschied dann.

„Wir machen uns zu Fuß auf den Weg. Nach einer Weile wird es wohl wieder gehen mit dem Reiten. Ich führe beide Pferde, du läufst hinter mir her. Aber keine Tricks, klar?"

Laura nickte nur, denn sie wusste ohnehin nicht genau, ob sie den Weg zurück auf diese recht lange Distanz finden würde. Außerdem hatte Webster sie letzte Nacht unfassbar eingeschüchtert, obwohl ihm das Schlimmste nicht gelungen war. Daher blieb ihr nur übrig, auf den Marshal zu hoffen.

Sie folgten dem Colorado River flussaufwärts. Trotz der flachen Steigung wurde der Tag durch das Marschieren anstrengend genug. Die Schwierigkeit lag weniger im Weg als vielmehr am dichtbewachsenen Flussufer, das den Pfad an manchen Stellen sehr eng werden ließ. Hinzu kam die Mittagshitze, sodass es mehr als nur einer Pause bedurfte, bis beide am späten Nachmittag nicht mehr weiter konnten. Websters Pferd hatte sich kaum erholt, die Schwellung war nur geringfügig zurückgegangen. Außerdem waren der Entführer und seine Geisel so sehr erschöpft vom langen Fußmarsch, dass Webster entschied, hier am Flussufer an einer geschützten Stelle das Lager für die Nacht aufzuschlagen.

Am selben Morgen waren die Verfolger zeitig aufgebrochen. Kurz nach der Dämmerung machte das forsche Tempo den Männern wegen der angenehmen Temperatur nicht viel aus. Gegen Mittag jedoch nahm die Hitze zu und das Tempo musste zwangsläufig gedrosselt werden. Den Männern lief der Schweiß in Strömen herunter. Einige begannen zu murren. Sheriff Barrett konnte seine Leute verstehen. Auch ihm selbst fiel es schwer, bei dieser Hitze weiterreiten zu müssen. Am liebsten würde er mindestens eine Stunde rasten. Aber das würde bedeuten, dass die Entführte um so länger in Websters Gewalt sein musste. Konnte er das verantworten? Er fühlte sich hin und her gerissen zwischen körperlichen Bedürfnissen und Pflichtgefühl. Mit dem Alter ertappte er sich immer öfter dabei, über die Rückgabe seines Sterns nachzudenken.

Obwohl er trotz seiner neunundvierzig Jahre noch leidlich gesund war, hatte er während seiner langen Laufbahn als Sheriff manches erlebt und war, das musste er sich eingestehen, inzwischen müde geworden. Oder war er nur frustriert? Er wusste es nicht genau. Aber in der letzten Zeit erkannte er immer klarer, dass der Job ihn mehr und mehr anstrengte. Auch jetzt. Er wurde unleidig.

„Marshal, die ganze Suche dauert mir zu lange. Ich glaube, dass Buck uns nicht weiterhilft, meinen Sie nicht auch?", fragte er provozierend.

Marshal Pierce entgegnete: „Warum zweifeln Sie an Bucks Fähigkeiten?"

„Buck ist sicher für seine Verhältnisse ein guter Mann, aber woher wissen wir denn, dass er der richtigen Spur folgt?" Der Sheriff bohrte mit leicht spöttischem Unterton weiter. „Außerdem: Was gedenken Sie zu tun, wenn wir diesen Webster eingeholt haben? Haben Sie denn einen Plan?"

Die Retourkutsche kam prompt: „Ich weiß genau, was ich tue. Aber Sie scheinen schon ans Aufgeben zu denken", entgegnete der Marshal herablassend.

Darauf gab Barrett verärgert zurück: „Aufgeben? Wieso? Verdammt nochmal! Ich riskiere hier Kopf und Kragen und meine Gesundheit bei diesem anstrengenden Job, von dem niemand weiß, wozu er gut ist und ob wir überhaupt Erfolg haben. Und nennen Sie mich keinen Feigling! Wäre ich einer, dann wäre ich nicht hier."

Marshal Pierce sah sich genötigt, deutlicher zu werden: „Vorsicht, Barrett! Niemand nennt Sie einen Feigling. Hören Sie auf zu provozieren. Wir können Streit und Unruhe im Moment überhaupt nicht gebrauchen. Reißen Sie sich zusammen!"

Pierce fixierte den Sheriff mit zornigem Blick und beendete damit jede weitere Diskussion. Was glaubte denn Barrett, mit seinem Gerede zu erreichen? Uneinigkeit über das Vorgehen würde sich vor den Männern auf den Erfolg des Unternehmens negativ auswirken. Es blieb Barrett nichts weiter, als sich zu fügen und beständig Websters Spur zu folgen.

Shane Parker schüttelte den Kopf über den kurzen Disput zwischen dem Sheriff und dem Marshal. Er verstand nicht, wie man sich in einer solchen Lage streiten konnte. Hatte Barrett denn vergessen, dass er, Shane Parker, erheblich mehr leiden musste? Immerhin standen Lauras Leben und Gesundheit auf dem Spiel. Unter Umständen konnte er sie verlieren, wenn sie die Kontrolle verloren, und das nur wegen eines skrupellosen und nur auf seinen Vorteil bedachten Menschen. Shane war gereizt, unterließ es aber wohlweislich, Barrett ein paar passende Worte zu sagen. Im Interesse des gemeinsamen Erfolgs und der Rettung Lauras durfte es keine weiteren Streitereien geben.

Donald Pine ritt an Shane heran und versuchte, ihn aufzumuntern. Er hatte dessen Reaktion auf die Meinungsverschiedenheit bemerkt.

„Ich kann dich verstehen, Shane. Nicht besonders feinfühlig vom Sheriff, meine ich. Aber Kopf hoch. Wir finden Laura, so oder so."

Shane sah seinem künftigen Schwiegervater ins Gesicht. „Danke für deinen Zuspruch. Beinahe hätte ich mich dem Sheriff gegenüber vergessen. Doch das hätte an der Lage nichts geändert."

Schweigend ritten sie eine Weile nebeneinander her. Jeder hing seinen Gedanken nach.

Von vorne ertönte plötzlich ein kurzer Ruf. Der Marshal ließ halten und trabte vor zu Buck. Sie hatten die Stelle in dem kleinen Wäldchen erreicht, wo die Verfolgten gelagert hatten. Buck hatte eben Spuren davon entdeckt. Diese Unterbrechung des eintönigen Ritts kam wie gerufen, erhöhte sie doch die Aufmerksamkeit der Männer, was dem Marshal äußerst gelegen kam. So konnte er auf einen Motivationsschub seiner Leute hoffen.

„Buck, lass mal sehen. In welche Richtung sind sie denn weitergeritten?", fragte Pierce.

Buck zeigte zum Flussufer: „Sie sind weiter flussaufwärts. Offenbar ist was mit einem der Pferde nicht in Ordnung. Die Spur wird unregelmäßig und der Abstand der Hufabdrücke ist ab hier etwas enger."

„Also Männer", rief der Marshal, „folgen wir der Spur in dieser Richtung. Es kann nun nicht mehr lange dauern, dann haben wir sie. Ich hoffe, dass Laura Pine wohlauf ist."

Mit diesen Worten gab er seinem Pferd die Sporen. Alles galoppierte in scharfem Tempo hinter ihm und Buck her, immer den Fluss entlang.

Der Nachmittag verlief ohne besondere Aufregung. Zwei- oder dreimal legten die Reiter eine Pause für die Pferde ein, um sie am Fluss zu tränken. Als der Trupp gegen Abend dann um eine Flussbiegung kam, konnten die Männer weiter vorne im Schatten einiger am Ufer stehender Bäume undeutlich etwas erkennen. Deputy Wheelwright war der erste, der dieses Etwas sah und die anderen warnend zum Halten brachte.

„Marshal, schauen Sie mal, ich glaub, da drüben stehen zwei Pferde", sagte er halblaut.

Der Marshal holte seinen Feldstecher hervor und spähte angestrengt hindurch. „Stimmt", murmelte er, „da sind sie, angebunden an einen Baum. Und ich glaube auch, dass da hinter den Büschen zwei Menschen sind. McNair, Ihre Augen sind noch jung. Sehen Sie mal durch."

Deputy McNair stellte den Feldstecher scharf und bestätigte: „Jawohl, da sind ein Mann und eine Frau. Sie lagern bei den Pferden in der Baumgruppe am Fluss. Sind das die Gesuchten, Marshal?"

Pierce entgegnete: „Wenn Sheriff Barrett dies durch einen Blick durch das Fernglas freundlicherweise bestätigen könnte, dann sind sie es wohl."

Diese Bemerkung konnte er sich nicht verkneifen, da er den kurzen Disput mit Barrett noch immer im Kopf hatte. Barrett brummelte etwas Unfreundliches, nahm dann aber den Feldstecher. Nach einer Weile bestätigte er, dass McNair recht hatte.

„Sie sind es, ich erkenne Laura Pine. Wir haben sie gefunden."

Shane Parker wurde nervös. „Wo? Wo ist sie? Geben Sie mir das Fernglas, schnell!", blaffte er den Sheriff an. Der reichte ihm etwas pikiert das Glas.

Shane spähte hindurch. „Ja, ich sehe sie. Marshal! Wir müssen was tun! Sofort! Sehen Sie denn nicht, dass es ihr schlecht geht? Dieser Kerl, ich bringe ihn um!"

Shane war drauf und dran, die Nerven zu verlieren, und

wollte umgehend losstürmen. Im letzten Moment hielt Donald Pine ihn zurück, bevor Shane ihr Versteck durch unbedachtes Vorpreschen preisgab.

Marshal Pierce ordnete einen unauffälligen Rückzug an, um die Position seiner Männer nicht vorzeitig zu verraten, und der Trupp ritt um ein paar hundert Yards zurück bis zu einer kleinen Lichtung am Wegesrand. Hier befahl der Marshal abzusitzen und stellte drei der Männer zum Bewachen der Pferde ab. Mit dem Rest hielt er Kriegsrat.

„Wir machen Folgendes", begann er als der Ranghöchste und erklärte den Männern das weitere Vorgehen. Der Ring, den sie um Webster und dessen Geisel ziehen sollten, durfte unter keinen Umständen auseinanderreißen. Pierce teilte die Männer in mehrere Gruppen ein und wies ihnen ihre Ausgangspositionen zu. Barretts Leute als die Ersten sollten Webster umgehen, um ihm den Weg flussaufwärts zu verlegen.

„Wir schleichen uns am Ufer entlang, auf sie zu. Niemand darf näher als 300 Yards heran. Sobald wir sie eingekreist haben, schlagen wir auf mein Zeichen gleichzeitig los."

Hier unterbrach ihn Deputy McNair: „Bei allem Respekt, aber laufen wir nicht Gefahr, zu früh entdeckt zu werden?"

Pierce nickte und legte sich eine Antwort zurecht. „Guter Einwand, McNair, aber ich glaube das nicht. Es sei denn, jemand macht beim Anschleichen zu viel Lärm." Während er das sagte, schaute er in die Runde und fixierte seine Männer mit eindringlichem Blick. „Das darf keinesfalls passieren, hören Sie? Denn vor uns ist, bis auf ein paar Büsche, offenes Gelände bis zur Baumgruppe, wo Webster ist."

McNair schüttelte unzufrieden den Kopf: „Das klappt

doch dann nie im Leben! Die sehen uns doch sofort."

„Nicht, wenn wir schnell sind und den Kreis weit genug weg um sie ziehen. Sehen Sie, das Tageslicht beginnt zu schwinden und wir haben das Überraschungsmoment auf unserer Seite", erklärte der Marshal. „Wenn wir sofort und schnell zuschlagen, haben wir die besten Chancen. Vertrauen Sie mir."

McNair gab sich mit dieser Erklärung zufrieden.

Pierce fuhr fort: „Wir müssen sehr vorsichtig sein und unter allen Umständen jedes Geräusch vermeiden! Das ist lebenswichtig! Noch Fragen oder andere Vorschläge?"

Barrett meldete sich: „Was ist das Zeichen zum Angriff?"

„Sobald Sie sehen, dass meine Gruppe vorrückt", sagte der Marshal, „bewegen Sie sich mit Ihren Leuten ebenfalls auf Webster zu. Alle anderen auch. Das sollte ihn zum Aufgeben zwingen. Hier, nehmen Sie mein Fernglas mit, Barrett. Sie werden am weitesten von mir entfernt sein und müssen unbedingt erkennen können, wenn ich vorrücke. Also, hoffen wir, dass alles klappt. Auf eure Positionen. Viel Glück, Männer."

Meilenweit von zu Hause entfernt saß Laura unter dem Baum am Ufer des Colorado River und starrte mit leerem Blick vor sich hin. Völlig erschöpft hatte sie sich gleich nach dem Halt am Flussufer fallen gelassen, wo sie war.

Webster hatte beide Pferde abgesattelt und festgebunden. Dann hatte er begonnen, sich ein Lager für die Nacht herzurichten. In den Satteltaschen fand er einen Rest geräucherten Fleisches, über das er sich nun gierig hermachte.

Während er aß, saß er da und dachte nach, was weiter werden sollte. In Texas war ihm der Boden inzwischen zu heiß geworden. Die ständigen Gaunereien und jetzt der schwere Raubüberfall brachten ihm mindestens eine hohe Haftstrafe, wenn nicht gar den Galgen. Außerdem hatte er Laura gezwungen, mit ihm zu kommen. Also musste er tunlichst weit weg. Das hatte oberste Priorität. Er saß da und grübelte, wie er es anstellen sollte, Marshal Pierce abzuhängen. Webster wusste nicht, wann das Aufgebot sie einholen würde, aber allzu lange konnte es nicht mehr dauern. Die Schwellung am Vorderlauf seines Pferdes war inzwischen ein wenig zurückgegangen. Mit etwas Glück würde sie am Morgen völlig verschwunden sein. Das würde seine Chancen erheblich verbessern. Webster wollte unbedingt die Ausläufer des Edward Plateaus erreichen. Er kannte die Gegend vage und hoffte, dass er gewonnen hatte, wenn er es bis dahin schaffte. Es gab dort einen engen Pfad durch die Felsen, den man aufgrund seiner Breite nur hintereinander passieren konnte. Diesen Pfad gedachte er zu nehmen und unpassierbar zu machen, sobald sie ihn durchritten hätten. Danach würden er und Laura zu dem Treffpunkt reiten, wo sein Bruder mit dem erbeuteten Geld wartete. Dort sollte dann geteilt werden. Allerdings jetzt durch drei, da ja ihr Komplize Gene ebenfalls seinen Anteil fordern würde. Das würde die Beute für jeden zwar schmälern. Aber Webster hielt es für möglich, Gene mit ein wenig Nachhelfen loswerden zu können. Somit hätte er die Beute für sich und seinen Bruder vermehrt. Dann würde er sich bis Kalifornien oder Mexiko durchschlagen und dort zusammen mit Laura von vorne anfangen.

Er hing seinen Gedanken nach, als er plötzlich aus der Ferne leise Geräusche vernahm. Webster richtete sich vorsichtig auf und horchte angestrengt. Außer dem Rauschen der Bäume in einer lauen Brise hörte er nichts. Da war es wieder: leises Rascheln von Gras und Buschwerk, etwa 200 Yards entfernt. Genau konnte er es nicht sagen. Das Geräusch war nur kurz zu hören und so schnell wieder verstummt, dass er meinte, er habe es sich nur eingebildet. Webster griff nach seiner neben ihm liegenden Winchester und lauschte wieder angestrengt. Doch das Geräusch war verschwunden. Er wartete einige Minuten, aber es kam nichts mehr. Sicher nur ein Tier, dachte er. Dann entspannte er sich wieder.

8

Marshal Pierce und seine Männer hatten inzwischen Webster umzingelt und warteten in Deckung auf das Zeichen zum Losschlagen. Barrett spähte durch den Feldstecher abwechselnd zum Marshal und zu der Baumgruppe, unter der die Verfolgten lagerten. Als er sah, dass Webster konzentriert in seine Richtung starrte, wurde er nervös. ‚Wenn Pierce jetzt nicht Zeichen gibt, geht die Sache schief‘, dachte er. Doch dann erkannte er, dass die Leute des Marshals bereits vorrückten, und gab seinen eigenen Männern ebenfalls Zeichen. „Vorwärts! Schnell!"

Pierce und seine Männer bewegten sich nahezu lautlos und flink. Sie nutzten die wenigen Büsche als Deckung, so gut sie konnten. Der Marshal spornte sie an: „Shane, bleiben Sie dicht bei mir. Mr. Pine, Sie auch. Ihr anderen nach rechts ausschwärmen. Wir müssen den Ring schließen. Lauft!" Sie schwärmten aus und bewegten sich auf den Baum am Flussufer zu. Die Minuten schlichen scheinbar endlos dahin. Noch immer war, außer den eigenen Bewegungen nichts zu hören. Plötzlich krachte weiter flussaufwärts ein Schuss und hektische Rufe wurden laut. Pierce nahm Bewegungen an der vor ihnen liegenden Baumgruppe wahr.

„Vorwärts, schnell! Das kommt aus Barretts Richtung. Wir müssen ihm helfen!"

Die Männer stürmten los, von rechts spurteten McNair und die anderen heran.

Marshal Pierce deutete nach vorn: „Los, Leute! Dort müssen sie sein. Schnappt euch Webster, aber passt auf!"

Kurz nachdem Barrett und seine Leute vorwärts gestürmt waren, hatte Webster sie entdeckt. Erschreckt hatte er einen Schuss abgegeben. Laura war vor Schreck zusammengefahren und hatte sich geistesgegenwärtig zur Seite gerollt. Ihre beiden angebundenen Pferde wieherten markerschütternd mit vor Angst geweiteten Augen und versuchten, sich loszureißen. Webster hechtete hinter ein Gestrüpp in Deckung und hörte die Verfolger.

„Da sind sie! Schnappt sie euch!"

Mehrere Schüsse krachten. Die Gesetzeshüter feuerten aus allen Rohren. Die Kugeln schlugen um Webster herum im sandigen Boden ein. Im Zwielicht der Abenddämmerung waren sie ungenau gezielt, aber dennoch gefährlich genug. Webster kroch hastig zurück zum Flussufer in Richtung eines der Bäume und gab ein paar Schüsse auf seine Gegner ab. Laura hatte sich hinter einem Busch flach auf den Boden gelegt. Um so besser, dachte sich Webster, dann passiert ihr nichts. Er rief laut.

„Marshal, lassen Sie das Feuer einstellen und hören Sie mir zu!"

Als Webster so unmittelbar zu schießen angefangen hatte, erstarrten Sheriff Barrett und seine Leute. Sie versuchten, ihn zu treffen, hatten aber keinen Erfolg damit. Webster hatte mehr Glück. Seine Gegner hoben sich gegen den Abendhimmel wie schwarze Schatten ab. Daher zog sich Barrett einen Streifschuss zu. Einer seiner Männer erhielt einen Steckschuss in die linke Schulter.

„Verdammter Mist, volle Deckung!", schrie Barrett vor Überraschung und Schmerz auf und erwiderte das Feuer unkontrolliert. Websters Rufe nahm er wegen seiner Verwundung nicht wahr und hörte erst auf zu schießen, als er die laute Stimme des Marshals vernahm.

„Halt! Feuer einstellen, Leute!"

Nach einer kurzen Pause rief Pierce laut und deutlich: „Webster, ich höre Sie. Was wollen Sie?"

Barrett, der von dem Treffer noch etwas benommen war, nahm wie durch einen Schleier wahr, dass sich von links Deputy Wheelwright näherte. „Sheriff, alles okay?", rief der. „Ich hörte Schmerzensschreie. Ist jemand verletzt?"

„Mit mir ist alles in Ordnung, nur ein Kratzer. Kümmer dich um Joe dort, den hat's übler erwischt."

Gleich darauf konnte Barrett hören, wie Webster begann, mit dem Marshal zu verhandeln.

„Was ich will, Marshal? Freies Geleit natürlich, was denn sonst? Sie rufen Ihre Männer zurück, geben mir und meiner Geisel einen Vorsprung von einer halben Stunde und ich lasse Laura dann frei."

„Keine Chance", antwortete Pierce. „Sie haben sich vor Gericht zu verantworten. Neuerdings auch wegen Kidnappings, bereits vergessen? Oder ist Laura Ihre Cousine oder sonst mit Ihnen verwandt und freiwillig mitgekommen? Geben Sie auf, es ist sinnlos."

Auf sein Zeichen bewegten sich seine Männer weiter auf Websters Position zu, den das Gebüsch, hinter dem er sich duckte, verbarg. Webster sah, dass es für ihn eng wurde und überlegte kurz. Als die Gesetzeshüter aus dem Nebel auf ihn zukamen, sprang er behände wie eine Katze hinüber zu Laura, ergriff sie, zog sie zu sich hoch und hielt ihr seine Waffe an den Kopf.

„Bleiben Sie, wo Sie sind!", rief er scharf mit einem nervösen Tremolo in der Stimme. „Wenn Sie näher kommen, stirbt die Geisel!"

Nervös und fahrig um sich schauend suchte Webster verzweifelt nach einem Ausweg. Er erkannte, dass er in der Falle saß.

„Ruhig, Webster, ruhig. Nehmen Sie die Waffe runter. Es bringt nichts mehr, Sie haben verloren. Geben Sie schon auf", ließ Marshal Pierce sich vernehmen.

Webster begann, mit seiner Winchester herumzufuchteln und sie mal hierhin, mal dorthin auf die Männer zu richten. „Zurück!", schrie er, „Ich will freien Abzug! Sofort! Oder Laura muss dran glauben."

„Keine Dummheiten!", rief Sheriff Barrett.

Shane, der sich bisher im Hintergrund gehalten hatte, stieß erregt hervor: „Frank Webster! Ich bringe dich um! Erst sich Laura entführen, um sie mir wegzunehmen, und dann sie bedrohen!" Voller Wut stürmte er auf Webster los.

„Nein! Bleiben Sie hier!", schrie Marshal Pierce und wollte ihn aufhalten.

In diesem Moment riss Webster sein Gewehr hoch und zielte auf Shane. Dessen Erscheinen und Websters Reaktion lösten Laura aus ihrer Erstarrung. Sie entwand sich dem Griff ihres Peinigers und rempelte ihn mit ihrer rechten Schulter derart heftig an, dass er aus dem Gleichgewicht geriet und sein Schuss nach oben ins Blaue ging. Er stürzte. Shane warf sich in Deckung. Laura stolperte nach hinten weg.

Es ging alles sehr schnell: Barrett, Wheelwright und Buck sprangen geduckt vor und überwältigten Webster, noch bevor er sein Gewehr erneut in Anschlag bringen konnte. Webster wurde von den Männern zu Boden gedrückt und fluchte mit schmerzverzerrtem Gesicht. Marshal Pierce trat herzu und legte dem Überwältigten die Handschellen an. Shane erblickte Laura im Hintergrund und lief voller Erleichterung auf sie zu. Sie sank erschöpft in seine Arme.

„Shane, mein Liebster, mein Alles. Dass du da bist", flüsterte sie mit tränenerstickter Stimme. „Ich hatte nicht mehr zu hoffen gewagt, dich je wiederzusehen. Und schon gar nicht, dass du mich suchen kommen würdest. Woher wusstest du, was mir passiert war?"

Shane küsste sie ungestüm und antwortete, während er ihre Fesseln löste: „Ich kam auf eure Ranch, weil ich dich besuchen wollte. Dort traf ich auf den Sheriff und das Aufgebot. Hat der Mistkerl dir etwas angetan?"

Laura sah ihn einen Moment an, dann nickte sie. Ihre Lippen bebten. Tränen kullerten ihre Wangen hinunter. Sie ließ ihr Gesicht an seine Schulter sinken. Laura sah schrecklich aus, stellte Shane fest. Die Strapazen der letzten Tage standen ihr ins Gesicht geschrieben. Sie war immer noch nur mit ihrem Nachthemd und dem Mantel bekleidet. Die Anspannung fiel nun vollends von ihr ab. Sie ließ ihren Tränen freien Lauf, während Shane sich fürsorglich um sie kümmerte. Dabei starrte er immer wieder voller Hass und Abscheu zu dem verhafteten Webster hinüber. Lauras Vater näherte sich den beiden und klopfte Shane vor Erleichterung auf die Schulter.

„Gott sei Dank, wir haben es geschafft! Und wir haben dich wieder, Laura. Bist du wohlauf?"

„Ja, Vater. Ich bin ja so froh, dass du auch dabei bist."

Sie löste sich von Shane und nahm ihren Vater fest in die Arme.

In der Zwischenzeit begann Marshal Pierce, den Rückmarsch nach Brazoria zu organisieren. Der angeschossene Joe musste rasch versorgt werden. Die Schulterverletzung würde ihm zu schaffen machen. Daher erhielt sein linker Arm eine Schlinge, um ihn stabil zu halten. Der Streifschuss würde den Sheriff kaum behindern. Die anderen waren wohlauf. Pierce erachtete es als lebensnotwendig, dass sie zügig aufbrachen, denn der mitgeführte Proviant ging zur Neige.

„Jenkins und Dalton, holt unsere Pferde. Und durchsucht Websters Satteltaschen. Da drin muss das geraubte Geld sein. Das müssen wir sichern. Wir übernachten hier. Morgen geht es zurück", ordnete der Marshal an.

„Ihr habt's gehört, Männer, auf geht's, Beeilung!", rief Barrett. „Saunders und Wheelwright, ihr fesselt Webster straff an den Baum dort! Macht es ihm so ungemütlich wie möglich!"

Am anderen Morgen sammelte sich die Kavalkade zum Abmarsch. Langsam ritten sie am Fluss entlang denselben Weg zurück, den sie gekommen waren.

Joes Schulter schmerzte unangenehm, sodass sie einige Male anhalten mussten. Laura begann, sich von ihren Strapazen zu erholen, nachdem sie einen Teil vom schwindenden Proviant und etwas Trinkwasser bekommen hatte. Webster, der gefesselt auf seinem Pferd saß, starrte resignierend vor sich hin und ließ sich willenlos führen. Der Marshal und der Sheriff berieten über sein weiteres Schicksal.

„Was geschieht nun mit Webster?", wollte Shane wissen. Im Grunde war es ihm herzlich egal, aber sein Gerechtigkeitsgefühl verlangte nach Vergeltung für das Laura angetane Unrecht.

„Webster wird dem Richter vorgeführt werden. Wir bringen ihn in die Stadt ins Gefängnis und warten auf den Beginn des Prozesses", verkündete der Marshal.

Sheriff Barrett ergänzte: „Ich werde Richter Brewster sofort nach unserer Rückkehr telegrafieren. Er soll so schnell wie möglich kommen."

Als sie in Brazoria einritten, erregte das beachtliches Aufsehen. Jeder in der Gegend hatte von der Entführung erfahren. Daher sammelte sich eine recht stattliche Menschenmenge auf der Hauptstraße. Viele kamen, um die Neuigkeit von der Verhaftung aus erster Hand zu erfahren. Man war voller Neugier, wen der Marshal als Täter in die Stadt bringen würde. Doch es war kein bekannter Revolverheld, der da heranritt. Alle Gaffer blickten enttäuscht drein. Denn Webster saß zu einem Haufen Elend zusammengesunken auf seinem Pferd. Er wirkte erschöpft, verdreckt und unscheinbar. Man begann sich zu fragen, wozu es eines solch großen Aufgebots bedurft hatte. Nur um diesen Mann einzufangen, der doch absolut gar nichts hermachte? Nur wenige ahnten, dass die Jagd nach Verbrechern ein mühsames und langwieriges Geschäft war. Das hatte eben seinen Preis, wenn es erfolgreich sein sollte. Und die wenigsten erkannten an, dass sie es diesem Geschäft zu verdanken hatten, um halbwegs in Ruhe und Ordnung in ihrer Gegend leben zu können. So glotzten sie dem Trupp des Marshals hinterher.

9

Die Tage bis zum Prozessbeginn schlichen endlos dahin. Die Menschen gingen scheinbar gleichgültig ihren Geschäften nach. Doch wer sie aufmerksam beobachtete, dem konnte nicht entgehen, dass dies täuschte. Es lag eine unerträgliche Spannung über der Stadt. Sie war fast mit Händen zu greifen. Der bevorstehende Prozess war Tagesgespräch. Man glaubte zu wissen, wie er ausgehen würde. Selbst die Zweifler konnten nicht umhin, zuzugeben, dass Richter Brewster im Grunde nur eine Möglichkeit hatte, was sein Urteil in diesem Fall betraf. Dafür waren die Verbrechen, derentwegen Webster vor Gericht gebracht werden sollte, ungeheuerlich genug.

Für Laura waren diese Tage eine seelische Qual. Sie sah sich einem Wechselbad der Gefühle ausgesetzt, wie sie es noch nie erlebt hatte. Zum einen war sie froh, wieder zu Hause auf der elterlichen Ranch zu sein und von ihrem Verlobten Shane umsorgt zu werden. Shane leistete ihr jeden Tag nach Erledigung seiner Aufgaben Gesellschaft. Tagsüber stürzte Laura sich in ihre Arbeit, wo immer sich Gelegenheit ergab. Das brachte ihr etwas Ablenkung und machte den Kopf frei. Doch dann suchten sie wieder und wieder ihre Erlebnisse während der Entführung heim. Nachts war es besonders schrecklich. Laura konnte nicht durchschlafen. Sie wurde regelmäßig von Alpträumen aus dem Schlaf gerissen, saß schweißgebadet und schwer atmend im Bett und brauchte jedes Mal fast eine Stunde, um sich zu beruhigen und weiterschlafen zu können. Die Arbeit auf der

Ranch verlangte ihr körperlich zwar genug ab, sodass sie abends meist rasch einschlafen konnte. Doch die Alpträume verhinderte das nicht. Shane litt beträchtlich darunter, denn sie tat ihm unendlich leid. Er versuchte, sie in Gesprächen und bei Spaziergängen aufzumuntern. Das half zwar etwas, aber hielt nie lange vor. Bei solcher Gelegenheit ritten er und Laura meist eine Meile landeinwärts zu einem kleinen Hügel, von wo aus man das Anwesen der Pines und das benachbarte Land überschauen konnte. Die Aussicht von dort war immer faszinierend. Daher hoffte Shane, seiner Verlobten an diesem Ort Erleichterung zu schaffen.

„Wie geht es dir heute?", fragte Shane, als sie wieder einmal auf dem Hügel saßen und ins Land schauten.

„Hmm", machte Laura. „Geht so, danke." Sie sah geradeaus über die weite Landschaft und drehte dann den Kopf, um Shane anzuschauen. „Shane, ich habe Angst."

Shane erwiderte ihren Blick und sagte lächelnd: „Das brauchst du nicht. Bald haben wir es überstanden."

Er nahm sie in den Arm und drückte sie zärtlich. Laura schmiegte ihren Kopf an seine Schulter und genoss die Umarmung. Sie fühlte sich bei Shane geborgen und von ihm verstanden. Dafür liebte sie ihn und war ihm dankbar für alles, was er bisher für sie getan hatte.

Shane erzählte, was er gehört hatte: „Ich war heute Morgen in der Stadt. In drei Tagen geht es los. Richter Brewster wird die Verhandlung führen. Kennst du ihn?"

Laura schüttelte den Kopf. „Nein. Ich weiß nur, dass er für unsere Stadt zuständig ist. Ich kenne ihn nicht."

„Er ist ein angesehener Richter", klärte Shane sie auf. „Er übt sein Amt schon ein paar Jahre aus und war früher als

Anwalt tätig, so habe ich es gehört." Shane überlegte kurz und fuhr dann fort.„Brewster entstammt einer Familie aus Juristen. Er ist mit dem Generalstaatsanwalt von Pennsylvania verwandt. Hättest du nicht gedacht, was?"

Laura schaute Shane etwas skeptisch an. „Du willst mir einen Bären aufbinden, oder?", fragte sie lächelnd.

„Nein, nein! Ehrlich, der Generalstaatsanwalt ist wirklich sein Verwandter", beeilte sich Shane zu versichern.

„Wenn du es sagst", meinte Laura, noch nicht recht überzeugt. „Hauptsache, Richter Brewster versteht sein Handwerk."

„Keine Angst, Laura. Ich denke, dass wir uns keine Sorgen zu machen brauchen."

Eine Weile schwiegen sie und genossen ihr Zusammensein und die Natur. Jeder hing seinen Gedanken nach. In der Ferne konnten sie die Ranch im warmen Licht der Abendsonne liegen sehen. In welch bezaubernder Gegend sie doch lebten! Das wurde Shane wieder einmal bewusst, als er diese vor ihm ausgebreitete Abendstimmung betrachtete. Nach ein paar Minuten bemerkte Shane, dass Laura die Luft hörbar durch die Nase einzog und leicht bebte. Er schaute sie an und entdeckte eine Träne, die sich aus ihrem linken Auge gelöst hatte und ihre Wange hinunterlief. Er nahm sie fester in den Arm und wischte ihr mit seiner anderen Hand die Träne weg.

„Immer diese Alpträume!", schluchzte Laura leise. „Ich halte das nicht mehr aus!"

Shane versuchte sie zu trösten. „Ruhig, Liebes, ruhig."

Als Laura sich wieder gefangen hatte, fuhr Shane fort: „Nur noch drei Tage und danach der Prozess, dann hört es auf. Glaube mir, je früher Webster weg ist aus Brazoria, desto eher kannst du wieder ruhig schlafen. Nicht mehr lange jetzt!"

Laura suchte seinen Blick. „Shane, ich glaube, ich schaffe das nicht."

„Was schaffst du nicht?"

„Der Richter wird mich befragen wollen. Als Zeugin. Ich weiß nicht, ob ich das kann, so vor allen Leuten und dann noch vor diesem Scheusal von Webster."

Shane sah ihr fest in die Augen. „Laura, Liebling, hör mir zu. Du wirst das schaffen. Ich kenne dich. Du bist eine starke und tapfere Frau. Habe Mut, es wird gelingen. Ich werde im Gerichtssaal anwesend sein und dich unterstützen, wo ich kann. Das weißt du. Also, Kopf hoch, das wird schon."

Dann lächelte er sie liebevoll an. „Sobald der Prozess vorbei ist, werden wir heiraten. Freu dich darauf! Alles wird gut."

Laura sah ihm ins Gesicht. Dann küsste sie ihn auf den Mund und hauchte ein zärtliches „Ja" als Antwort.

Sie umarmten einander und küssten sich leidenschaftlich. Eng umschlungen saßen sie da. Als die Sonne begann unterzugehen, schlenderten sie zu ihren Pferden, saßen auf und ritten zurück zur Ranch.

10

Richter Horace Simpson Brewster war mit sich und der Welt zufrieden. Er konnte sich nicht beklagen. Während seiner Laufbahn hatte er einige aufsehenerregende Prozesse geführt. Die trugen dazu bei, dass er auch über die Grenzen des Bezirkes hinaus als Richter gefragt war. Eine ganze Reihe der von ihm Verurteilten wollten es ihm zwar nicht verzeihen, den Rest ihres Lebens hinter Gittern verbringen zu müssen, das waren aber die Unverbesserlichen und Uneinsichtigen. Da diese Charaktere in sicheren Staatsgefängnissen wohl verwahrt wurden, brauchte er sich weiter keine Sorgen zu machen. Das Telegramm, das er an diesem Morgen in Händen hielt, beunruhigte ihn überhaupt nicht. ‚Schwerer Raub und Entführung – verspricht, interessant zu werden‘, dachte er beim Überfliegen der Nachricht. ‚Mal sehen, was wir da machen können.‘

Brewster war dafür bekannt, zwar gerechte, aber teilweise auch recht harte Urteile zu fällen. In Fachkreisen hatte man ihm den Spitznamen „Richter Gnadenlos“ gegeben. Das wusste er und darauf war er ein bisschen stolz. Gleichwohl empfand er diese Betitelung seitens seiner Kollegen als ein wenig übertrieben. Denn er sah es schlicht und einfach als seine Pflicht an, dem Recht Genüge zu tun. Wenn es nicht anders ging, auch mit harten Mitteln. Außerhalb des Gerichtssaals war er jedoch im Grunde ein gutmütiger Mensch. Privat lebte er eher zurückgezogen im Kreise der Familie und engagierte sich in der Gemeinde. Dass er mit dem Generalbundesanwalt von Pennsylvania verwandt war,

war für ihn gesellschaftlich zwar vorteilhaft, jedoch hatte er die Verbindung zu Benjamin Harris Brewster nie beruflich ausgeschlachtet. Vetternwirtschaft war ihm zutiefst zuwider und entsprach nicht dem Ehrgefühl seiner Familie. Worauf es im Leben ankam, war, es aus eigener Kraft zu etwas zu bringen, wie er fand. Das hatte er nach einigen Jahren beruflicher Praxis geschafft. Seine Erfahrung ließ ihn annehmen, dass er den vorliegenden Fall quasi im Vorübergehen bearbeiten konnte. So machte er sich an die Vorbereitung des anstehenden Prozesses und wandte sich an seinen Sekretär.

„Jeremiah, ich muss zu einer Verhandlung nach Brazoria. Telegrafieren Sie bitte, dass ich in drei Tagen dort eintreffen werde und man die Örtlichkeiten für die Verhandlung vorbereiten möge."

„Sehr wohl, Sir", antwortete der Sekretär dienstbeflissen. „Noch etwas, Sir?"

Nach kurzem Nachdenken trug Brewster ihm auf: „Schicken Sie ein weiteres Telegramm an Bezirksstaatsanwalt Temple Lea Houston. Ich hätte ihn bei der Verhandlung gern dabei. Informieren Sie ihn knapp über den Sachverhalt. Hier sind die notwendigen Unterlagen. Dann ein drittes entsprechendes Telegramm an Verteidiger Joshua S. Buchanan. Er fungiert in solchen Fällen immer als Pflichtverteidiger. Das wäre dann alles. Danke."

Damit entließ er seinen Sekretär und vertiefte sich in seine Schriftstücke.

*

„Die Verhandlung in der Strafsache ‚Der Staat Texas gegen Frank Webster' ist hiermit eröffnet. Ich bitte Bezirksstaatsanwalt Houston um Verlesung der Anklageschrift."

Mit diesen Sätzen begann Richter Horace Simpson Brewster den Prozess. Laura hörte den Ausführungen im Verlauf der Verhandlung nur bruchstückhaft zu, da sie es nicht verhindern konnte, dass sie von Zeit zu Zeit zur Anklagebank sah. Webster starrte teilnahmslos vor sich hin, erwiderte ihren Blick jedoch bisweilen. In seinen Augen meinte sie eine Mischung aus Hass und Verachtung zu erkennen. Das lenkte sie davon ab, der Verhandlung mit voller Aufmerksamkeit zu folgen. Staatsanwalt Houston ergriff das Wort.

„Danke, Euer Ehren. Ich verlese nun die Anklageschrift: Dem wegen schweren Raubes gesuchten und hier vor Gericht als Angeklagten anwesenden Frank Webster, geboren in Nashville, Tennessee, achtunddreißig Jahre alt, wird vorgeworfen, zwischen dem 18. und dem 20. Juli 1881 die hier anwesende Laura Pine, Tochter des Ranchers Donald Pine und seiner Frau Jessica Pine, geborene Hunter, von ihrem Wohnsitz, der elterlichen Farm, gewaltsam und gegen ihren Willen entführt zu haben, nachdem er am Abend des 17. Juli unter Inanspruchnahme des Gastrechts bei Familie Pine Verpflegung und Unterkunft erhalten hatte. Ihm wird weiter vorgeworfen, den Versuch unternommen zu haben, sich gewaltsam, das heißt durch den Gebrauch einer Schusswaffe, dem Zugriff der ihn verfolgenden Gesetzeshüter zu entziehen, als diese ihn der Justiz des Staates Texas zuführen und die anwesende Laura Pine aus seiner Gewalt befreien wollten."

„Danke, Herr Staatsanwalt", sagte Richter Brewster. „Angeklagter, möchten Sie sich dazu äußern?"

Webster saß auf der Anklagebank und starrte vor sich hin. An seiner Stelle antwortete Verteidiger Rechtsanwalt Joshua S. Buchanan.

„Euer Ehren, mein Mandant wird zunächst von seinem Recht, die Aussage zu verweigern, Gebrauch machen und sich gegebenenfalls zu einem späteren Zeitpunkt zur Sache äußern."

„In Ordnung. Bitte fahren Sie fort, Herr Staatsanwalt", sagte Richter Brewster.

„Danke, Euer Ehren. Ich rufe meinen ersten Zeugen auf: US-Marshal John William Pierce."

Pierce stand von seinem Platz auf und trat vor zum Richterpult.

„Marshal Pierce, bitte treten Sie in den Zeugenstand. Heben Sie die rechte Hand und schwören Sie, die Wahrheit und nichts als die Wahrheit zu sagen, so wahr Ihnen Gott helfe."

„Ich schwöre."

„Bitte nehmen Sie Platz", sagte Richter Brewster und übergab das Wort wieder an Staatsanwalt Houston.

Der begann die Zeugenbefragung.

„Marshal Pierce, Sie sind mit dem Angeklagten nicht verwandt und nicht verschwägert?"

„Das ist korrekt."

„In welcher Funktion waren Sie zum Zeitpunkt der Entführung tätig?"

„Einspruch, Euer Ehren", meldete sich Verteidiger Buchanan zu Wort, „ich beantrage, von der Verwendung des Begriffes ‚Entführung' Abstand zu nehmen und wertneutral von ‚Tat' zu sprechen. Noch ist nicht erwiesen, ob Miss Pine nicht doch freiwillig mit meinem Mandanten mitgegangen war. Nach seiner Aussage habe sie ihn davor schon gekannt. Er hatte demnach vor, zusammen mit ihr irgendwo anders ein neues Leben anzufangen, weil er sie liebe."

„Stattgegeben", antwortete Richter Brewster, „bitte fahren Sie fort, Herr Staatsanwalt."

Als Laura den kurzen Einwand des Verteidigers hörte, stieg in ihr ohnmächtige Wut auf gegen diesen Mann, der da vorne neben Webster saß. Obwohl es seine Pflicht war, ihn vor Gericht zu verteidigen, schien er von vorneherein zu versuchen, diesem Webster jede erdenkliche Hintertür auf dem Weg zum Freispruch zu öffnen. Laura war stinksauer.

„Also was war Ihre Funktion zum Zeitpunkt der Tat, Marshal?"

„Ich war zu diesem Zeitpunkt dabei, den Angeklagten wegen des Raubes von Lohngeldern zu verfolgen, um ihn festnehmen und befragen zu können", erklärte der Marshal.

„Ab wann wurde Ihnen klar, dass der Angeklagte die Tat begangen hatte, derentwegen er heute hier vor Gericht ist?"

„Einspruch, Euer Ehren", unterbrach Verteidiger Buchanan erneut. „Der Angeklagte wurde bis jetzt der Tat nicht für schuldig gesprochen. Von einem Begehen der Tat kann daher keine Rede sein. Offenbar versucht die Anklage, das Gericht zu beeinflussen. Daher beantrage ich eine objektivere Wortwahl des Staatsanwalts." Mit einem süffisanten Grinsen fügte er hinzu: „Offenbar hat der junge Herr seine Paragraphen nicht ausreichend studiert."

„Herr Verteidiger, es ist absolut überflüssig, irgendwelche

Anspielungen auf das Alter des Staatsanwalts zu machen und zu versuchen, auf diese Weise seine Kompetenz anzuzweifeln. Bitte unterlassen Sie das in Zukunft. Ihrem Einspruch wird stattgegeben. Herr Staatsanwalt, bitte formulieren Sie künftig entsprechend. Fahren Sie mit der Befragung fort."

„Danke, Euer Ehren. Also, Marshal, ab wann wurde Ihnen klar, dass noch etwas passiert war?"

„Das wurde mir klar, als ich mit meinen beiden Deputies die Spur weiterverfolgte, die uns dann bis zur Ranch der Familie Pine zurückführte. Ich fand das merkwürdig. Dass etwas nicht stimmte, konnte ich sehen, als ich auf der Ranch ankam. Da war ein Aufgebot unter Führung von Sheriff Barrett", führte der Marshal aus.

„Was geschah dann?"

„Sheriff Barrett klärte mich über die Situation auf. Nach Lage der Dinge war uns klar, dass Laura Pine vom Angeklagten entführt worden sein musste. Es gab Kampfspuren im Sand in der Nähe der Ställe und wir fanden einen Fetzen von einem Kleidungsstück, das Donald Pine, Lauras Vater, als das ihre identifizierte."

„Einspruch! Der Fetzen kann auch aus anderen Gründen verloren gegangen sein, Euer Ehren", unterbrach Buchanan wieder. „Denn ..."

„Herr Verteidiger, ich muss Sie zur Ordnung rufen", schnitt Richter Brewster Buchanan ungehalten das Wort ab. „Der Zeuge befindet sich nicht im Kreuzverhör und Sie können ihn befragen, wenn der Staatsanwalt mit ihm fertig ist. Bis dahin halten Sie sich zurück."

„Jawohl, Euer Ehren, Entschuldigung."

„Bitte fahren Sie fort, Herr Staatsanwalt."

„Danke, Euer Ehren. Also, Sie fanden diverse offenbar eindeutige Spuren, Marshal. Woher wollen Sie gewusst haben, dass es sich um Spuren eines Kampfes gehandelt hat?"

„Nun Sir, Ihnen dürfte bekannt sein, dass jeder Gesetzeshüter im Lesen von Spuren so seine Erfahrungen hat. Außerdem hatten wir einen herausragenden Fährtenleser dabei, den wir schon oft mit Erfolg hinzugezogen hatten. Er ist ein Halbblut mit mexikanischen Wurzeln. Sein Name ist Buck Delgado", antwortete Marshal Pierce.

„Danke, Marshal. Wir werden ihn bei Bedarf befragen. Wie ging es dann weiter?"

Der Marshal berichtete nun, wie er mit seinem Trupp die Verfolgung Websters aufgenommen hatte bis zu dem Punkt, an dem sie endlich auf Laura und ihren Entführer getroffen waren. Er schilderte seine Maßnahmen und den Verlauf der Festnahme im Morgengrauen des darauf folgenden Tages. Laura hörte gespannt zu, da sie wissen wollte, wie es der Marshal geschafft hatte, sie schließlich zu finden. Dabei durchlebte sie die Schrecken der Entführung noch einmal, bis sie am Ende in Shanes Armen lag und unendlich erleichtert war. Wie schrecklich musste das alles auch für Shane gewesen sein, der sich vor Sorge um sie regelrecht verzehrt hatte. Als Marshal Pierce schilderte, wie Donald Pine ihren Verlobten im letzten Moment daran gehindert hatte, im Alleingang zu ihrer Befreiung loszustürmen, wurde ihr vor Liebe und Zuneigung warm ums Herz. Ihr gefiel die Vorstellung, dass er den Mut aufgebracht hatte, einen Rettungsversuch ohne Unterstützung zu wagen. Andererseits wäre das natürlich selbstmörderisch gewesen. Ein Glück, dass ihr Vater eingegriffen hatte. Dafür war sie ihm unendlich dankbar.

Die weiteren Zeugenbefragungen nahm Laura gar nicht mehr wahr, so sehr war sie in einem Auf und Ab ihrer Gefühle gefangen, die zwischen der Verarbeitung ihrer Erlebnisse und der Liebe zu ihrem Shane hin und her schwankten. Die Stimme des Staatsanwalts ließ sie plötzlich aufhorchen.

„Ich rufe als Nächstes Miss Laura Pine in den Zeugenstand."

11

Laura fuhr erschrocken hoch, als ihr Name fiel und schaute ein wenig verwirrt um sich, ohne ansonsten zu reagieren.

Richter Brewster erkannte das und sagte in mildem freundlichen Tonfall: „Miss Pine, bitte seien Sie so nett und treten Sie in den Zeugenstand. Der Staatsanwalt und der Verteidiger möchten Ihnen ein paar Fragen stellen. Sie brauchen keine Angst zu haben. Es wird sicher nicht lange dauern."

Aufmunternd lächelnd nickte er ihr zu, woraufhin sie sich erhob und nach vorne zum Richterpult schritt.

Sie versuchte, alle Fragen der beiden Anwälte ausführlich zu beantworten. Es fiel ihr schwer, die Fassung zu bewahren, da sie sich nicht nur an die Geschehnisse draußen in der Prärie erinnerte, sondern auch immer wieder den Anblick des Angeklagten ertragen musste. Richter Brewster erwies sich dabei als fair, indem er versuchte, die juristischen Manöver der beiden Anwälte abzuschwächen, um Laura nicht das Gefühl zu geben, im Kreuzverhör zu sein. Das wusste sie sehr zu schätzen. Im Verlauf der Befragung versuchte sie, den Ablauf der Ereignisse so genau wie möglich wiederzugeben.

„Meinen Sie nicht, dass Sie da ein wenig übertreiben?", fragte der Verteidiger plötzlich überraschend an einer Stelle der Befragung.

Laura glaubte, sich verhört zu haben. Erneut stieg Wut in ihr auf. Sie nahm allen Mut zusammen und entgegnete brüsk: „Sir, ich glaube nicht, dass Sie die Umstände, unter denen ich zu leiden hatte, wirklich beurteilen können. Dieser Webster ist ein gemeiner Schuft. Und es ist eine Schande, dass Sie einen solchen Menschen hier in aller Öffentlichkeit auch noch verteidigen. Nach allem, was er mir angetan hat!"

Ein Raunen erhob sich unter den Zuschauern und begann, immer lauter zu werden.

„Allerhand, was der Verteidiger sich da geleistet hat!" – „Richtig so! Die Zeugin soll sich nur zur Wehr setzen!" – „Wieso? Es ist doch noch gar nicht erwiesen, dass Webster schuldig ist!"

Schließlich musste Richter Brewster einschreiten.

„Ruhe im Gerichtssaal! Ruhe!"

Er schlug mehrfach mit seinem kleinen Hammer auf das Richterpult.

„Bitte, fahren Sie mit der Befragung fort, Herr Anwalt."

Bezirksstaatsanwalt Houston wollte eben eine weitere Frage stellen. Doch Laura unterbrach ihn. Sie war entsetzlich aufgewühlt.

„Euer Ehren", sagte sie mit zitternder Stimme, „ich möchte, dass der Verteidiger genau versteht, was geschehen ist. Ich möchte Gerechtigkeit. Bitte, ich möchte in aller Deutlichkeit schildern, was Webster getan hat."

Richter Brewster hob eine Augenbraue.

„Miss Pine, ich erlaube es, wenn es der Wahrheitsfindung dient. Bitte beantworten Sie aber auch alle Fragen der Anwälte, so gut Sie können."

Laura nickte und rang um Fassung. Dann brach es aus ihr heraus. Sie berichtete unter Tränen.

„Webster hat mich geschlagen. Er hat mich anfangs auf mein Pferd gebunden, als ich bewusstlos war. Mir wurde schlecht, doch er hat mir nicht geholfen. Später hat er mich gequält. Er hat mir Schmerzen zugefügt. Er ist ein übler Sadist. Sehen Sie hier!"

Sie zeigte ihre Handgelenke, an denen immer noch die Blutergüsse der Fesseln zu sehen waren.

„Und schließlich hat er versucht, mich zu vergewaltigen …" Weiter kam sie nicht. Sie musste sich unter Schluchzen hinsetzen. Im Saal war es mucksmäuschenstill. Alle schauten sie betroffen an, wie sie im Zeugenstand saß und in sich hinein weinte.

Schließlich brach Richter Brewster die Stille.„Miss Pine, ich danke Ihnen", sagte er freundlich. „Sie dürfen sich wieder zu Ihrer Familie setzen."

Nachdem Laura Platz genommen hatte, befragte man die beiden Deputies. Sie sollten Websters Verhaftung in allen Einzelheiten schildern. Staatsanwalt Houston verstieg sich dabei zu der Behauptung, Webster habe während der Festnahme vorsätzlich Angehörige des Aufgebots erschießen wollen.

„Einspruch, Euer Ehren", unterbrach Verteidiger Buchanan diese Ausführungen. Doch dann hielt er inne. Er hatte in den Augenwinkeln eine Bewegung des ansonsten still dasitzenden Websters wahrgenommen. Buchanan blickte ihn an. Der Angeklagte hatte sich zu den Zuschauern umgedreht und nickte kaum wahrnehmbar. Dann starrte er wieder vor sich hin. Das kam Buchanan seltsam vor. Auch der Staatsanwalt hatte diese kurze Bewegung mitbekommen und schaute den Angeklagten fragend an.

Richter Brewster wurde ungeduldig. „Herr Verteidiger, Sie wollten doch eben etwas sagen!"

„Oh, Entschuldigung, euer Ehren. Also, ich wollte die Anklage darum bitten, vom Begriff der Vorsätzlichkeit abzusehen. Der Angeklagte schoss während der Festnahme um sich, weil er sich bedroht fühlte. Da kann Vorsatz nicht geltend gemacht werden. Wie ich bereits ausgeführt habe, bestand seinen Angaben gemäß zwischen ihm und Laura ein Verhältnis. Er wollte sich und sie schützen und schoss nur deshalb."

„Einspruch, Euer Ehren", rief da Staatsanwalt Houston. „Nachdem wir hier aus Miss Pines eigenem Mund erfahren haben, was der Angeklagte ihr während der Entführung angetan hat, halte ich diese Behauptung der Verteidigung für eine bloße Finte. Sehr leicht zu durchschauen! Wir können davon ausgehen, dass sich zwischen dem Angeklagten und seinem Opfer keinerlei persönliches Verhältnis entwickelt hat."

„Einspruch stattgegeben! Herr Staatsanwalt, bitte gebrauchen Sie den Begriff der Vorsätzlichkeit nicht in diesem Zusammenhang. Der Einwand der Verteidigung ist hier berechtigt. Herr Verteidiger, konstruieren Sie keine Fakten, wo sie beim besten Willen nicht erkennbar sind. Bitte fahren Sie mit der Befragung fort, Herr Staatsanwalt."

Während des weiteren Verlaufs schaute Laura gelegentlich zur Bank der Geschworenen, um irgendeine Reaktion von dort zu erhaschen. Doch die saßen nur da und folgten der Verhandlung regungslos.

Erst bei den abschließenden Plädoyers horchten einige der Geschworenen auf. Denn an diesem Punkt steuerte der Prozess auf seinen Höhepunkt zu.

12

„Nun, da die Zeugenaussagen gehört sind und die Beweisaufnahme abgeschlossen ist, kommen wir zu den Schlussplädoyers. Herr Staatsanwalt, wollen Sie bitte beginnen."

„Danke, Euer Ehren", ließ sich Staatsanwalt Houston vernehmen und begann.

„Euer Ehren, meine Herren Geschworenen. Wir alle haben heute gehört, was dem Angeklagten Frank Webster vorgeworfen wird. Wir alle kennen nun die Ereignisse, die sich zwischen dem 18. und dem 20. Juli dieses Jahres abgespielt haben. Der Angeklagte ist durch Zeugenaussagen und Beweise zweifelsfrei überführt. Die Verteidigung hat mehrfach versucht, dies zu entkräften. Dass sie dabei fragwürdige Taktiken anwandte, ist ihr gutes Recht. Sie wird dies in ihrem Abschlussplädoyer erneut versuchen. Doch wird es ihr nichts nützen. Die Beweislage ist zu eindeutig."

An dieser Stelle des Plädoyers erhob sich zustimmendes Gemurmel. Houston fuhr fort.

„Meine Herren Geschworenen! Entführung, schwere Körperverletzung, versuchte Vergewaltigung und Widerstand gegen die Staatsgewalt werden in unserem Staate Texas als schwere Verbrechen angesehen, und das zu Recht. Ebenso ist Pferdediebstahl eine schwerwiegende Straftat. Es ist, als füge man dadurch dem Reiter selbst körperlichen Schaden zu. Man raubt ihm seine Beweglichkeit. Man hindert ihn daran, seine Tagesgeschäfte zu verrichten. Nicht zu reden davon, dass man ihm sein Eigentum nimmt. Ich kenne Fälle, in denen es deswegen zu Lynchjustiz kam. Als Vertreter des Gesetzes lehne ich solche Art der Durchsetzung von Recht und Gesetz ab, so verständlich sie auch aus Sicht der Geschädigten sein mag. Diese Fälle unterstreichen jedoch die Bedeutung und Schwere von Pferdediebstahl. Und deshalb muss dem Recht hier Genüge getan werden. Das gilt auch für die anderen dem Angeklagten anzulastenden Taten. Es darf nicht sein, dass solche Verfehlungen ungestraft bleiben. Auch wenn die Verteidigung anderer Auffassung ist, ist die Beweislage so eindeutig, dass Sie, meine Herren Geschworenen, keine andere Möglichkeit haben, als den Angeklagten seiner Schuld entsprechend zu beurteilen: einer Schuld, die er sich aus letzten Endes nur von ihm allein zu vertretenden Gründen aufgeladen hat und für die er zur Verantwortung gezogen werden muss. Daher, meine Herren Geschworenen, bitte ich Sie um ein Urteil, das der Sache gerecht wird: Schuldig. Danke, Euer Ehren."

Damit begab sich Staatsanwalt Houston zurück an seinen Platz.

„Euer Ehren, meine Herren Geschworenen", begann der Verteidiger, „selbstverständlich hat die Anklage ein Interesse daran, alle diejenigen, die eines Verbrechens beschuldigt werden, verurteilen zu lassen. Das ist nur recht und billig. Jedoch übersieht man leider zu oft, oder nimmt möglicherweise absichtlich nicht ausreichend zur Kenntnis, dass jeder, ich wiederhole: jeder Angeklagte das verbriefte und daher durch unsere Freiheitsrechte garantierte Recht hat, sich vor Gericht verteidigen zu lassen."

Hier wurde es im Saal unruhig. Zwischenrufe ertönten laut.

„Das ist doch selbstverständlich!" – „Oder sehen Sie das

anders?" – „Die Anklage versucht, uns unsere Rechte zu beschneiden!" – „Unsinn, das ist ein Winkelzug des Verteidigers!"

Richter Brewster sah sich gezwungen, einzugreifen und für Ruhe zu sorgen. Die Rufe verstummten, das Raunen ebbte ab.

Mit erhobener Stimme fuhr Rechtsanwalt Buchanan fort.

„Was auch immer ihm vorgeworfen wird, er soll und darf sich zur Sache äußern oder andere für sich sprechen lassen. In unserem vorliegenden Fall hält die Verteidigung mehrere Punkte für mindestens fragwürdig: Erstens verwahrt sie sich gegen den Vorwurf, ihre Argumentation sei wenig glaubwürdig, zweitens ..."

Das Raunen brandete erneut auf. Der Richter musste abermals eingreifen.

„Ruuuhe im Saal! Die Verteidigung hat das Wort. Ruhe!" Nachdem die Unruhe sich gelegt hatte, fuhr Buchanan fort.

„Zweitens zweifelt sie die von der Anklage vorgebrachte Unterstellung an, der Angeklagte habe jeden einzelnen Ablauf der Tat bis ins kleinste geplant. Die Verteidigung ist vielmehr der Auffassung, dass ihr Mandant sich im Laufe der Ereignisse zu der einen oder anderen Handlungsweise der Umstände wegen gezwungen sah."

Wieder wurde es im Saal unruhig, diesmal heftiger als zuvor. Wiederum kam es zu Zwischenrufen.

„So ist es!" – „Nein, das ist Unsinn!" – „Wie bitte? Das spielt doch keine Rolle! Verurteilt ihn endlich!" – „Was soll das hier? Ein abgekartetes Spiel!"

Die aufbrandende Debatte unter den Zuschauern steigerte

sich beinahe zu einem Tumult. Richter Brewster hämmerte heftig auf sein Pult ein und brüllte aus Leibeskräften in den Gerichtssaal, dabei die Räumung des Saales androhend für den Fall, dass nicht sofort Ruhe einkehre.

„Kommen wir zum dritten Punkt, dem Angeklagten selbst", ergriff Buchanan wieder das Wort. „Die Verteidigung ist im Laufe der Verhandlung zu der Auffassung gelangt, dass sich die Abläufe der Tat nicht leugnen lassen. Was das Motiv jedoch betrifft, so gibt sie zu bedenken, dass durch die Hand des Angeklagten kein Mensch zu Tode gekommen ist und die hier anwesende und durch seine Handlungen betroffene Laura Pine körperlich weitgehend unversehrt aus der Sache hervorgegangen ist. Euer Ehren, meine Herren Geschworenen, ich halte den Angeklagten aufgrund der Sachlage für ein Opfer der Umstände, dem es nie vergönnt war, sein Leben mit dem dafür notwendigen Quäntchen Glück auf redliche Art und Weise zu gestalten. Immer wurden ihm Steine in den Weg gelegt, so dass er sich gezwungen sah, den leider unredlichen Weg zu gehen, weswegen er auch heute vor Gericht steht. Aus diesen Gründen bitte ich Sie, meine Herren Geschworenen, in Ihrer Beratung Milde walten zu lassen und so zu einem gerechten Urteil zu kommen. Vielen Dank."

„Danke, Herr Verteidiger. Damit sind die Plädoyers abgeschlossen", führte Richter Brewster die Verhandlung weiter. „Angeklagter, Sie haben daher das letzte Wort."

Webster blickte für kurze Zeit in die Runde und erhob sich dann langsam.

„Nicht schuldig, Euer Ehren."

Mehr hatte er nicht zu sagen.

Das jetzt wieder einsetzende Raunen des Publikums unterbrach Richter Brewster mit dem knappen Hinweis: „Danke, Angeklagter. Das Gericht zieht sich nun zur Beratung zurück. Die Sitzung ist für diese Zeitspanne unterbrochen."

13

Die anschließende Beratung der Geschworenen nutzten alle Anwesenden zu einer Pause. Die Zuschauer verließen langsam den Gerichtssaal. Dabei entstand Gerede. Man stellte Vermutungen über das zu erwartende Urteil an. Der Verleger der Lokalzeitung und sein Assistent versuchten, von den Anwälten vorab Informationen zu bekommen. Man führte Laura in einen separaten Raum, um sie vor etwaigen Zudringlichkeiten vor allem der Presse abzuschirmen. Man kümmerte sich um sie, damit sie nervlich in der Lage blieb, dem Prozess bis zum Ende folgen zu können. Webster führte man für die Dauer der Verhandlungspause zurück ins Gefängnis und hielt ihn dort unter Bewachung.

Marshal Pierce stand auf und streckte sich. Er begann schläfrig zu werden und brauchte dringend etwas zu essen und einen Kaffee. Während er unschlüssig überlegte, ob er das Hotel oder den Saloon aufsuchen sollte, trat Staatsanwalt Houston zielstrebig auf den Richter zu, der just im Begriff war, den Saal zu verlassen, und sprach ihn an.

„Euer Ehren, auf ein Wort, wenn ich Sie bitten darf. Es ist vielleicht wichtig."

„Was gibt es denn, Herr Staatsanwalt?"

Richter Brewster schaute Houston interessiert und voller Neugier an.

„Erinnern Sie sich an den kurzen Vorfall vorhin, als Kollege Buchanan während der Befragung der Deputies ins Stocken geriet?"

„Ja, warum?"

„Mir ist da etwas aufgefallen.“

„Was denn? Nun machen Sie es nicht so spannend!“

„Webster blickte kurz in den Zuschauerraum, schien zu nicken und drehte sich dann wieder nach vorne um.“

„Ja und? Was soll das schon gewesen sein?“, fragte Richter Brewster und begriff nichts.

„Euer Ehren, ich bin inzwischen sicher, dass jemand versucht hat, mit ihm Kontakt aufzunehmen!“, drang Houston nervös auf Brewster ein. „Da waren zwei Männer in der zweiten Reihe. Beide haben sich gleichzeitig an ihr Halstuch gefasst. Mit der linken Hand! Genau in dem Moment, als Webster hinsah.“

„Was?“, entfuhr es dem Richter. Er sah sich suchend um und rief dann: „He, Marshal, kommen Sie mal her, bitte! Es ist sehr wichtig.“

Pierce schritt hinüber zu den beiden Juristen.

„Was gibt's?“

Richter Brewster war auf das Höchste alarmiert.

„Mr. Houston hat mir eben etwas mitgeteilt, dass Sie wissen sollten. Staatsanwalt?“

„Ja“, begann Houston, „ich habe den Verdacht, dass während Buchanans Befragung zwei Zuschauer versucht haben, den Angeklagten zu kontaktieren. Das sollten wir unterbinden.“

Pierce wurde hellhörig. Das war ja interessant. Hatte Webster am Ende Komplizen?

„Wie sahen die aus?“, fragte er rasch.

„Beide normale Statur. Der eine trug einen auffälligen schwarzen Bowler mit silbergrauem Hutband, dazu schäbiger grauer Anzug. Der andere einen Strohhut und eine braune Lederweste mit Fransen. Beide hatten ein rotes Halstuch."

„Pierce", schaltete der Richter sich nun ein, „Machen Sie die beiden ausfindig und führen Sie sie zwecks Befragung vor. Schnell! Wir sollten kein Risiko eingehen."

Marshal Pierce spurtete aus dem Gerichtssaal auf die Hauptstraße und blickte sich um. Doch die beiden Männer waren nicht zu sehen. Er suchte die Straße ab, entdeckte jedoch niemanden, der auf die Beschreibung passte. Resignierend zuckte er daraufhin mit den Schultern und begab sich zurück zum Gerichtsgebäude. Die Juristen kamen bereits ebenfalls nach draußen.

„Fehlanzeige, niemanden gesehen", berichtete Pierce und fuhr fort. „Meinen Sie wirklich, dass da jemand Webster in irgendeiner Form helfen will?"

Richter Brewster entgegnete: „Kann doch sein, warum nicht? Wäre nicht das erste Mal."

Pierce überlegte. Er hielt das in Websters Fall für nicht sehr wahrscheinlich. Wie die Dinge sich entwickelt hatten, glaubte Pierce, dass der Angeklagte ohne fremde Hilfe gehandelt hatte. Im Falle einer etwaigen Komplizenschaft war genug Gelegenheit gewesen, sich mit Webster zu vereinigen. Dies war jedoch nicht geschehen. Daher glaubte Pierce, sich keine Sorgen machen zu müssen. Webster würde verurteilt werden und ins Gefängnis wandern. In diesem Punkt war er sich sicher.

„Ich denke, wir können das ausschließen. Hätte doch längst was passieren müssen", beschwichtigte Pierce die Juristen.

„Ihr Wort in Gottes Ohr!", sagte Houston skeptisch, ließ

es aber dabei bewenden. Darauf verabschiedeten sich die drei Männer und gingen zu Tisch.

„Ich bitte die Herren Geschworenen um ihr Urteil", eröffnete Richter Brewster am frühen Nachmittag die Schlussphase der Verhandlung.

„Schuldig in allen Punkten der Anklage", lautete das Urteil, dessen Strafmaß Brewster sogleich zusammen mit einer Begründung verkündete.

„Der Angeklagte Frank Webster", begann er feierlich, „wird hiermit zu zwölf Jahren Gefängnis verurteilt. Er wird zum Strafvollzug ins Staatsgefängnis von Huntsville überführt werden. In Huntsville erwartet ihn ein weiteres Verfahren wegen der von ihm geraubten Lohngelder, die bei seiner Verhaftung sichergestellt werden konnten. Ich begründe das Urteil wie folgt: Das Gericht sieht es als erwiesen an, dass der Angeklagte sich in allen Punkten – Entführung, schwerer Körperverletzung, versuchter Vergewaltigung, Widerstand gegen die Staatsgewalt und Pferdediebstahl – gemäß unserem Strafrecht schuldig gemacht hat. Die Beweislast ist so erdrückend, dass kein anderes Urteil möglich ist. Es liegen ausreichend belastende Zeugenaussagen vor, die durch die Argumente der Verteidigung nicht entkräftet werden konnten. Auch hat die fehlende Bereitschaft des Angeklagten zur Kooperation mit dem Gericht nicht dazu beigetragen, eine mildere Strafe festzusetzen. Die verhängte Strafe hält das Gericht daher für angemessen. Der Angeklagte trägt die Kosten des Verfahrens. Die Sitzung ist geschlossen."

14

Über der Hauptstraße Brazorias lag leichter Nebel und an diesem frühen Morgen konnte man den Herbst bereits spüren. Eine sanfte Brise wehte vom Meer herüber und ließ die erdige Luft salzig schmecken. Die Dämmerung war schon fortgeschritten. Über den Horizont kroch behäbig die gleißende Sonnenscheibe und versuchte, die morgendliche Kühle und den Nebel zu vertreiben. Die allmählich durchkommende Helligkeit überzog die Gebäude der Hauptstraße mit einem milchigen Schimmer. Der Marshal sah nach draußen auf die Straße. Vor dem Büro des Sheriffs stand ein stabil gebauter Gefängniswagen. Es handelte sich um einen angeforderten Wagen aus Huntsville. Acht uniformierte Polizisten auf Pferden bewachten ihn. Es war viertel vor sieben und kaum ein Mensch war in der allmählich erwachenden kleinen Stadt unterwegs. Die Reiter regten sich kein bisschen. Nur die Pferde stampften hier und da ein wenig unruhig und bewegten die Köpfe auf und ab. Die Zeit strich langsam dahin, nichts geschah. Nach einer Weile erschienen zwei Deputies, holten Webster aus der Zelle und führten ihn nach draußen zur Kutsche. Barrett, Pierce und der die Polizeieskorte kommandierende Sergeant folgten. Als US-Marshal betrachtete Pierce es als folgerichtig, die Überführung des Strafgefangenen zu begleiten. Außerdem war es ihm ein persönliches Bedürfnis, Webster an seinen Bestimmungsort zu bringen.

„Also, Marshal", sagte Sheriff Barrett, „ich wünsche Ihnen und Ihren Männern viel Glück. Machen Sie's gut."

„Danke, Barrett", gab Pierce freundlich zurück, „wir werden das Kind schon schaukeln. Wenn wir Webster abgeliefert haben, schicke ich ein Telegramm. Grüßen Sie Ihre Frau. Und viel Spaß auf der Hochzeit. Richten Sie Laura und Shane meine Glückwünsche aus, bitte."

Barrett nickte: „Das werde ich. Schade, dass Sie nicht dabei sein können."

„Ist leider nicht zu ändern. Also dann, Wiedersehen."

Webster verschwand im Gefängniswagen, der sofort verriegelt wurde. Pierce schwang sich in den Sattel seines Pferdes, während der Sergeant neben dem Kutscher Platz nahm.

„Vorwärts!", kommandierte Pierce.

Die Eskorte setzte sich langsam in Bewegung. Die Deputies verschwanden wieder im Büro. Barrett blieb noch eine Weile davor stehen und blickte dem kleinen Trupp mit gemischten Gefühlen nach. Ihm war nicht ganz wohl bei der Sache, aber er vertraute Pierce und dachte sich, dass die Überführung Websters bestimmt ohne Zwischenfälle über die Bühne gehen würde. Der Wagen und die eskortierenden Reiter entfernten sich und verschwanden am Stadtausgang im inzwischen etwas lichter werdenden Nebel des Morgens.

„Tue ich überhaupt das Richtige?", fragte Laura ihre Mutter, als diese ihr beim Einkleiden half.

Heute, knapp eine Woche nach Websters Verurteilung, war ihr großer Tag. Sie würde Shane heiraten. Doch Laura war sich trotz aller Vorfreude und der tiefen Liebe zu ihrem Verlobten unsicher über den Zeitpunkt.

„Bin ich denn soweit?", zweifelte sie, während Jessica ihr das Mieder festzog.

„Absolut", versicherte Jessica. „Sieh mal, Shane will es doch auch. Und du brauchst so etwas wie Sicherheit. Auch damit es keine Gerüchte gibt, dass zwischen Webster und dir etwas wäre. Die Leute reden gern."

„Mama, wie kannst du so etwas sagen? Ich hasse diesen Mann. Er hat mich entführt, schon vergessen? Auch wenn er mir mal Avancen gemacht hat, da ist nichts", brauste Laura entrüstet auf.

„Beruhige dich, Liebes", entgegnete Jessica beschwichtigend. „Ich weiß ja, dass da nichts war. Und ich wollte dir auch nicht wehtun. Bitte entschuldige. Ich möchte nur unnötiges Gerede vermeiden, das ist alles."

Laura verzog das Gesicht zu einer Grimasse, als sie spürte, wie das Mieder sie einschnürte. Dann zuckte sie mit den Schultern.

„Du hast ja recht, Mama. Doch ich kann nicht vergessen, was geschehen ist."

„Lass dir Zeit Liebes, du wirst mit der Zeit darüber hinwegkommen. Sitzt das Mieder gut?"

„Ein bisschen zu stramm. Könntest du es etwas lockern, bitte?"

Jessica nestelte an der Verschnürung herum, bis das Mieder endlich bequem saß. Dann legte sie letzte Hand an.

„Na, wie sieht sie aus?", wandte sie sich an Margret Gibbs, die gerade das Zimmer betrat. Sie war Lauras beste Freundin und Shanes Schwester. Laura hatte Margret als Brautjungfer bestimmt. Als solche stand sie Laura während der gesamten Feierlichkeiten zur Seite.

„Du bist hinreißend!", erwiderte Margret. „Shane wird Augen machen. Und die anderen werden sicher vor Neid erblassen."

Laura errötete leicht und lächelte dankbar.

„Ich bin so aufgeregt", flüsterte sie. Ein zaghaftes Glücksgefühl machte sich breit und vertrieb die dunklen Gedanken.

„Dann sollten wir etwas dagegen tun", meinte Jessica, schritt hinüber zur Anrichte und holte ein Glas französischen Cognacs, den sie Laura zur Stärkung reichte.

„Danke, Mama, aber mehr nicht. Sonst bin ich nachher vor dem Altar ganz beschwipst", kicherte Laura und nahm einen Schluck.

„So, wir sollten jetzt los. Die Kutsche steht bereit. Dein Vater wartet schon draußen."

Der Gefängniswagen schwankte hin und her, als der Transport der Straße nach Huntsville folgte und die letzten Häuser Brazorias hinter sich ließ. „So, das hätten wir", sagte Marshal Pierce zufrieden. „Wenn alles glattgeht, liefern wir den Kojoten in ein paar Tagen in Huntsville ab."

Der auf dem Kutschbock sitzende Sergeant brummte eine wortkarge Zustimmung und verfiel dann wieder in Schweigen. Die Ausfallstraße in nördlicher Richtung war mühelos befahrbar. Daher ordnete Pierce einen leichten Trab an, um das Reisetempo etwas zu erhöhen. Er lenkte sein Pferd neben den jüngsten Polizisten der Abteilung und sprach ihn an.

„Morgen, Charlie! Alles klar bei dir?"

„Morgen, Onkel John. Nette Überraschung, dass du mitreitest. Ich dachte, unser Sergeant kommandiert allein."

Charlie hieß mit vollem Namen Charles Edward Willowby. Seine Mutter war eine Schwester des Marshals. Er war Anfang zwanzig und frisch verheiratet. Pierce hatte ihn für die Gefangeneneskorte angefordert, um ihm eine Chance zu flotterem beruflichen Aufstieg zu geben. Charlie hatte vor, mit seiner Frau Emma ein kleines Haus am Rande der Stadt zu kaufen und auszubauen. Doch dafür brauchte er Geld. Daher war er froh, dabei zu sein und sich bewähren zu können.

Pierce klärte Charlie auf, warum er den Transport begleitete.

„Ich will nur sichergehen, dass unser Gefangener wirklich in Huntsville ankommt."

Charlie hob fragend die Augenbrauen und grinste.

„Traust du unserem Sergeanten nicht zu, dass er uns führen kann?"

Der Marshal nickte: „Doch, doch! Nur will ich mich eben persönlich überzeugen, dass alles glattgeht. Das ist alles."

Charlie lächelte zufrieden. Der Sergeant auf dem Kutschbock hatte den kurzen Dialog zum Glück nicht mitbekommen.

Der Weg zur Kirche führte am Büro des Sheriffs vorbei. Als Laura wie unter einem Zwang hinsah, meldeten sich die Erinnerungen lebhaft zurück. Sie wusste, dass ihr einstiger Peiniger dort auf seinen Abtransport gewartet hatte. Am frühen Morgen hatte man den Kerl fortgebracht. Das hatte sie gehört. Endlich war er weg. Marshal Pierce würde dafür sorgen, dass dieses Ungeheuer hinter Schloss und Riegel kam. Sie wandte den Kopf ab und atmete ein paar Mal hörbar aus. Ihre Mine verfinsterte sich.

„Laura, Liebes, mach nicht so ein Gesicht. Heute ist dein Freudentag! Da solltest du lachen und fröhlich sein", versuchte ihr Vater sie aufzumuntern.

Laura setzte ein schiefes Grinsen auf, schwieg aber und starrte geradeaus. Ihrer Mutter war nicht entgangen, was sie bedrückte. Daher nahm sie die Hand ihrer Tochter und warf ihrem Mann einen vorwurfsvollen Blick zu. Wie taktlos er doch manchmal sein konnte!

„Versuche, nicht daran zu denken. Gleich sind wir bei der Kirche. Schau, da vorn sind die Parkers angekommen. Sie steigen gerade aus."

Laura reckte den Hals, um einen Blick auf Shane zu erhaschen. Ein paar andere Kutschen trafen kurz hintereinander ein und versperrten die Sicht. Laura entdeckte Shane und vergaß ihre trüben Gedanken. Ihre Augen leuchteten. Sie lächelte froh. Ihr Herz begann spürbar zu pochen. In ein paar Minuten würde die Trauzeremonie beginnen.

Als sie vor dem Gotteshaus anhielten, scharten sich Freunde und Verwandte um sie. Shanes Familie war bereits in der Kirche verschwunden. Laura kletterte aus der Kutsche. Ihre Eltern und Margret folgten. Während alle sich in fröhlicher Stimmung und laut schwatzend in die Kirche begaben, konzentrierte Laura sich voll Freude auf das Kommende.

Sobald sie das Gotteshaus betrat, setzte die Orgel volltönend ein und alle erhoben sich von ihren Plätzen. Laura schwebte an der Hand ihres Vaters den Mittelgang entlang zu ihrem Sitz vor dem Altar. Dort warteten bereits Shane und Margrets Ehemann Troy, der als Trauzeuge fungierte. Laura gab sich ihren Gefühlen hin und hatte nur noch Augen für ihren Zukünftigen. Der wandte sich zu ihr und beschenkte sie mit einem bezaubernden Lächeln. Als sie neben ihm Platz genommen hatte, begann der Gottesdienst.

„Gott ist Liebe, und jene, die in der Liebe leben, leben in Gott, und Gott lebt in ihnen."

Reverend Andrew Percy Sloane begann mit herzlichen und salbungsvollen Worten. Sodann sang die Gemeinde das erste Lied. Es folgten Fürbitten und Gebete. Laura bekam von all dem nicht viel mit, so sehr war sie in ihre Gefühlswelt versunken. Immer wieder suchte sie Shanes Blick.

„Liebe Gemeinde!", fuhr der Priester fort. „Wir haben uns zusammengefunden vor dem Angesicht Gottes, um die Vermählung von Shane Parker und Laura Pine im Heiligen Bund der Ehe zu bezeugen und zu segnen. Diesen Bund werden Shane und Laura nun eingehen. Wer einen Grund dagegen vorbringen kann, der möge jetzt sprechen oder für immer schweigen."

Laura spürte ihr Herz höher schlagen, als der Moment der Eheschließung heranrückte. Doch der letzte Satz des Reverends löste einen Zwiespalt der Gefühle in ihr aus. Er erinnerte sie schmerzlich an die vergangenen Wochen. Es hätte just in diesem Augenblick jemanden geben können, der einen Grund gegen die Eheschließung hervorgebracht hätte. Aber der saß derzeit im Gefängniswagen. Gottlob. Sofort verscheuchte Laura diesen Gedanken und schaute konzentriert zum Pfarrer, der jetzt wieder sprach.

„Laura Pine, willst du Shane Parker zu deinem Ehemann nehmen? Willst du ihn lieben, ihn trösten, ihn ehren und beschützen und ihm treu sein, so lang, als ihr beide lebt?"

Als sie antworten wollte, versagte ihr vor Aufregung beinahe die Stimme. Sie musste schlucken und sich räuspern.

Dann antwortete sie klar und deutlich.

„Ja, ich will."

Dann richtete Reverend Sloane dieselbe Frage an Shane, der sie ebenso mit fester und lauter Stimme beantwortete.

Nun wechselten Lesungen, Gebete und Gesang einander wie vorgeschrieben ab. Der Reverend hatte überaus passende Bibelstellen ausgesucht. Sie erzählten von Licht, Gemeinschaft und der Liebe des Herrn zu allen Menschen. Ganz besonders heute zu Laura und Shane. Schließlich war es soweit. Der Pfarrer bat um den Segen Gottes für die Ringe, während Laura und Shane einander Liebe und Treue gelobten. Sodann vollzog er die Eheschließung.

„Was Gott zusammengeführt hat, soll kein Mensch trennen. Somit erkläre ich euch zu Mann und Frau, im Namen des Vaters, des Sohnes und des Heiligen Geistes. Amen."

Laura überwältigte ein immenses Glücksgefühl, während sie und Shane sich küssten und die Gemeinde in das Lied „Blessed Assurance" einfiel.

Mit dem allgemeinen Segen endete der Traugottesdienst.

Bis zum späten Vormittag verlief die Fahrt nach Huntsville eintönig. Man kam ohne Schwierigkeiten voran, da der Frühnebel sich gelichtet hatte und die Sonne langsam durchkam. Gegen Mittag ließ Pierce für eine kurze Rast anhalten. Die Eskorte war auf ihrem Weg nach Huntsville im Hügelland nördlich von Brazoria in ein ausladendes Tal eingeritten. Flache Hügel flankierten es. In seiner Mitte schlängelte sich der Brazos River entlang. Sie waren am linksseitigen Flussufer einige Meilen nach Norden der Straße in Richtung Houston gefolgt und hatten nach einem geeigneten Platz für die erste Rast Ausschau gehalten. Hier war der Baumbestand wesentlich dichter als in der Gegend um Brazoria. Marshal Pierce beschloss daher, vorsichtshalber an einer Stelle des Ufers zu rasten, an der die Bäume etliche Yards vom Ufer zurückwichen, um für alle Fälle ein Gelände mit genügend Übersicht zu haben. Gleichzeitig sollte es ausreichend Deckung geben. Daher hatte der Trupp an einem Sandstreifen, den nur ein paar Bäume und Büsche umwucherten, direkt am Fluss haltgemacht.

„Sergeant, lassen Sie bitte absitzen und ein Lagerfeuer machen. Es gibt Bohnen mit Speck und Kaffee", grinste Pierce. Der Sergeant tat, wie ihm befohlen. Der Trupp begann, sich für die mittägliche Rast vorzubereiten.

„Hey, Sarge", rief einer der Polizisten fröhlich, „mach nicht so ein Gesicht! Es gibt Bohnen, sind doch dein Leibgericht, oder?"

Der Sergeant nickte etwas gequält, gab dann aber schlagfertig zurück: „Ja, genau. Wenn's dann nachher knallt, werdet ihr vor Schreck in Deckung springen, nicht wahr?"

„Ha, von der Geruchsbelästigung wollen wir gar nicht erst reden, oder?", warf ein Dritter der Begleitmannschaft ein.

„Na, wenn du furzt, bestimmt", konnte der Sergeant sich nicht verkneifen zu bemerken.

Marshal Pierce beobachtete die kleine Kabbelei der Männer mit Wohlwollen. Es würde der Moral seiner Leute nur förderlich sein, wenn sie ein bisschen Dampf ablassen konnten. Er schmunzelte vor sich hin, vergaß bei allem Spaß jedoch nicht, den Sergeant daran zu erinnern, einen Mann als Wache einzuteilen. Trotz allem war Vorsicht geboten.

Die Hochzeitsgesellschaft begab sich nun zum Schulhaus, wo die anschließende Feier stattfinden würde. Dort wartete bereits ein reichhaltiges Buffet mit gebratenem Rindfleisch, geräuchertem Schinken, Truthahn und Wild. Es duftete köstlich. Dazu gab es Maiskuchen, Apfelkraut, Bohnen, verschiedene Salate, eingelegte Gurken und Buchweizenbrot. Wer Süßspeisen bevorzugte, konnte sich an Apfelkuchen und mit Zucker bestreuten Doughnuts schadlos halten. Diverse mit Obst gefüllte Schalen rundeten das Buffet ab. Virginia Sloane hatte Kaffee auf dem Herd des Pfarrhauses gekocht und kannenweise ins Schulhaus bringen lassen. Einige Flaschen Rotwein standen bereit, außerdem mehrere Kannen mit Bier, Limonade und Wasser. Die Schulbänke hatte man hinausgetragen. Stattdessen ließen die Gäste es sich an langen eingedeckten Tafeln auf Holzböcken schmekken. Der Raum hallte wider vom Klappern der Bestecke und ausgelassenem Stimmengewirr. Donald Pine als der Vater der Braut hielt eine zu Herzen gehende Rede. Martin Parkers anschließende Worte standen dem in nichts nach. Als Ehrengast war John Reginald Tucker eingeladen, der ebenfalls kurz sprach und dem frisch vermählten Paar alles Gute wünschte. Tuckers Anwesenheit deuteten manche als taktischen Schachzug Donald Pines, da sie von den geschäftlichen Differenzen der beiden wussten. In der Tat wollte Pine mit der Einladung seine Bereitschaft ausdrücken, weiterhin eine vernünftige Geschäftsbeziehung zu Tucker zu pflegen. Jedoch betrachtete er dieses Thema für heute als tabu.

Nach dem reichhaltigen Essen räumte man die Tafeln beiseite, um Platz für die Tanzfläche zu schaffen. Währenddessen stimmten die Musiker ihre Instrumente und spielten ein paar Takte, um den Ball anzukündigen. Als alles bereit war, eröffneten Laura und Shane den Tanz mit einem Walzer. Danach formierten sich die Gäste zu einer Quadrille, der mehrere Squaredances folgten. Wer nicht tanzen wollte oder konnte, verzog sich in den Hintergrund und schaute zu. Jessica Pine und Eleonore Parker saßen bei einer Tasse Kaffee und ruhten sich vom Tanzen aus.

„Was für eine gelungene Feier!", schwärmte Eleonore und deutete in die Runde.

„Stimmt. Und die bezaubernden Kleider. Und unsere Männer so vornehm!"

„Ja, ja! Sieh mal dort: Annabelle Glenwood. Sie trägt beinahe das prächtigste Kleid des Abends."

„Oder da drüben. Amy Richardsons brokatbestickte Robe ist doch auch nicht schlecht, findest du nicht?"

„Ja, doch! Die Robe passt sehr gut zu ihrem Teint. Und zu ihren anmutigen Locken. Amy hat sich heute ganz besonders herausgeputzt. Ich glaube, sie will Glenn Brooks schöne Augen machen. Die beiden wären ein reizendes Paar!"

„Nein, ich glaube, sie hat es eher auf Joseph Adams abgesehen. Ich weiß es aus sicherer Quelle. Er macht sich bei ihr nämlich Hoffnungen. Und im Vertrauen: Sie scheint nicht abgeneigt zu sein."

„Was du nicht sagst!" Eleonore lachte gekünstelt und winkte ab. „Also wirklich, aber ich glaube das eigentlich nicht."

Jessica legte darauf den Kopf schief und zuckte mit den Schultern.

„Nun ja, vielleicht ist was dran, vielleicht auch nicht."
Dann fiel ihr Blick auf die Frau des Reverends.

„Sieh mal dort. Wo wir doch gerade Gerüchte streuen: Findest du nicht, dass Virginia zugenommen hat? Man merkt es kaum, aber dennoch."

Eleonore sah Jessica überrascht an und hielt sich die Hand vor den Mund.

„Du glaubst doch nicht etwa, dass sie –"

„Doch, genau das glaube ich. Ich denke, sie ist guter Hoffnung."

Beide Damen schauten in Richtung der Pfarrersfrau. Dann sahen sie sich an und kicherten.

„Wo sind eigentlich unsere Männer?" Jessica blickte sich suchend um.

„Wo deiner ist, weiß ich nicht", sagte Eleonore. „Meiner steht am Buffet und unterhält sich anscheinend bestens."

„Kompliment, Sheriff!", sagte Martin Parker gerade, während er seinen Teller mit Kuchen füllte. „Reife Leistung, die Verhaftung von diesem Webster."

„Ja, ja, vielen Dank", wiegelte Barrett ab. „So schwierig war das auch wieder nicht. Der Marshal war uns ja eine große Hilfe. Und ich hab nur meine Pflicht getan."

„Nur Ihre Pflicht? Da muss ich widersprechen", warf Gerald Williams, ein Freund der Parkers, ein. „Als Mitglied des Stadtrats bin ich der Meinung, dass Sie dem Recht zum Durchbruch verholfen haben. Es ist wichtig für die Leute, das Gefühl zu bekommen, dass die wilden Zeiten vorbei sind."

„Oh, bitte keine Politik heute!", unterbrach ihn Samuel Pepper. Er war der Lehrer der kleinen Schule. „Lassen Sie uns den fröhlichen Nachmittag einfach genießen."

„Danke, Sam." Barrett nickte erleichtert, das Thema fallen

lassen zu können. Schließlich gebührte Pierce die meiste Anerkennung. Er fühlte sich peinlich berührt, sich mit fremden Federn schmücken zu lassen.

„Eine letzte Frage, bitte", ließ Williams nicht locker. „Was geschieht nun mit dem Gefangenen?"

„Richter Brewster hat es doch gesagt: Er wird ins Staatsgefängnis nach Huntsville überführt. Haben Sie es nicht mitbekommen? Marshal Pierce ist heute in der Früh mit dem Transport aufgebrochen. Jetzt aber Schluss damit. Lassen Sie uns feiern."

Nachdem sie ihre Bohnen verzehrt hatten, gönnten sich die Männer der Eskorte etwas Ruhe. Einige dösten vor sich hin. Andere beobachteten den Fluss. Der Marshal prüfte seine Waffen. Zwischen zweien der Männer entspann sich eine gedämpfte Unterhaltung.

„Erinnerst du dich noch an die Kleine drüben in Baileys Prairie?"

„Ja, sicher! Mary Anne, die Tochter dieses Ranchers, wie hieß er doch gleich?"

„Preston, wenn ich mich nicht irre."

„Mary Anne – ein zuckersüßes Lächeln hatte die. Und eine umwerfende Figur, sag ich dir!"

„Ja, Mann. So umwerfend, dass du dich unversehens auf dem Hosenboden wiedergefunden hast, wenn du zu vorlaut wurdest. Die hatte 'ne verdammt harte Rechte, wenn's drauf ankam."

„Ach, hast wohl Pech bei ihr gehabt, was? Frauen lieben eben Gentlemen, nicht so grobe Klötze, wie du einer bist."

„Ja, ja, ich weiß schon: wer den Schaden hat … Aber wo

wir schon mal beim Thema sind, wie sieht's bei dir aus? In festen Händen inzwischen?"

„Nicht mit Mary Anne, falls du das meinst. Aber es gibt vielleicht eine andere. Sie ist italienischer Abstammung. Hat sich vor zehn Jahren mit ihrer Familie in der Gegend niedergelassen. Mache mir Hoffnungen. Nette Person."

„Na dann mal viel Glück. Aber erstmal erledigen wir hier unseren Job."

„Sowieso. Und danke. Mal sehen, was sich ergibt, wenn wir zurück sind."

Im Laufe des Nachmittags, als die ersten Gäste bereits gegangen waren, standen Laura und Shane im Garten hinter dem Schulhaus und schauten versonnen zum Himmel hinauf. Schäfchenwolken zogen langsam vorüber. Die Sonne vergoldete die Landschaft. Zikaden zirpten. Kein Lüftchen wehte.

„Glücklich?", fragte Shane nach einer Weile.

„Ja! Sehr!", antwortete Laura und lächelte selig.

Sie umarmten sich fest und gaben sich einen Kuss. Dann schwiegen sie und lauschten auf die fröhliche Stimmung im Schulhaus. Nach einiger Zeit hörten sie Schritte in ihre Richtung und drehten sich um. Sheriff Barrett war nach draußen gekommen. Als er die beiden bemerkte, steuerte er auf sie zu.

„Ah, hier haben Sie sich versteckt!"

„Ja, wir wollten ein wenig unter uns sein", gab Shane lachend zurück.

Der Sheriff trat an sie heran. Er nickte freundlich und grinste. Dann gab er Laura einen formvollendeten Handkuss und schüttelte Shane die Hand.

„Nochmals meine herzlichsten Glückwünsche und alles Gute für Sie beide."

Shane und Laura sahen sich vielsagend an. Dann schauten sie Barrett ernst in die Augen.

„Danke, Sheriff. Und danke auch für alles andere."

Barrett erwiderte den Blick und nickte. „Übrigens wollte ich mich jetzt verabschieden. Es war eine wunderbare Feier. Vielen Dank."

„Schade, dass Sie schon gehen müssen, Sheriff. Wir begleiten Sie noch auf die Straße", drückte Shane sein Bedauern aus. Dann bedankte er sich noch einmal und lächelte Barrett voller Wärme an.

Mit etwas Wehmut lauschte der Marshal der Unterhaltung. Sehnsüchtig dachte er an die Zeit des Sturm und Drang zurück, als er im selben Alter wie seine Männer war. So manchem Rock war er hinterhergelaufen. Schließlich hatte er die Frau seines Lebens gefunden. Doch bald hatte er Susan unter tragischen Umständen verloren. Seitdem hatte er nie wieder geheiratet. Ja, es hatte die eine oder andere Beziehung gegeben. Aber letztendlich blieb er der einsame Wolf, der es vorzog, seine Zeit mit der Jagd nach Gesetzlosen zu verbringen. Darin war er bisher recht erfolgreich gewesen. Er betrachtete seine Leute und fuhr fort, seinen Gedanken nachzuhängen.

Plötzlich wurde er unsanft in die Realität zurückgeholt. Webster meldete sich aus dem Gefangenenwagen.

„He, Marshal! Mach mal die Tür auf! Ich muss mal einem dringenden Bedürfnis nachgeben."

Pierce drehte gelangweilt den Kopf in Richtung des Wagens. Dort erblickte er Websters Gesicht zwischen den Gitterstäben. Der schaute gequält dahinter hervor. Offenbar hatte er es ernst gemeint.

„Ein ‚Bitte' wäre schön", gab Pierce zurück. „Freundlichkeit hat noch keinem geschadet."

Webster verdrehte die Augen und antwortete dann: „Also schön, dann ‚bitte', wenn es dem Marshal so gefällt. Bitte, dürfte ich wohl einmal austreten, … Sir?"

Der Marshal brummelte „Geht doch" und ordnete an: „Sergeant, lassen Sie Webster aus dem Wagen holen und zum Fluss hinunter führen."

Der Sergeant stand auf und befahl: „Ferguson und Willowby, die Anordnung des Marshals ausführen!"

Die beiden Polizisten erhoben sich und setzten den Auftrag, ohne zu zögern in die Tat um. Währenddessen dösten der Marshal und der Rest der Männer weiter.

Nach etwa zehn Minuten kamen Webster und seine Eskorte vom Fluss zurück.

„Brauchst du immer so lange?", fragte Ferguson den Gefangenen.

Webster schaute den Mann gereizt an und ignorierte die Frage völlig.

Sie näherten sich dem Lagerfeuer. Ferguson wollte etwas sagen. Doch er brachte nichts als ein rasselndes Gurgeln zustande. Mit vor Schreck geweiteten Augen fasste er sich an die Brust und kippte vornüber. Den Bruchteil einer Sekunde danach hörten alle einen peitschenden Schuss. Die Männer sprangen verwirrt auf und griffen nach ihren Gewehren.

„Deckung, Leute!", rief Marshal Pierce und presste sich an den Boden.

Doch es war bereits zu spät. Mehrere Schüsse krachten. Die Polizisten warfen sich zu Boden oder wurden von Kugeln einfach umgerissen. Pierce versuchte auszumachen, von wo die Schüsse kamen, musste aber seinen Kopf unten halten, weil rings um ihn Kugeln gefährlich nah einschlugen.

„Bleibt unten, Leute!", rief Pierce. „Schießt aus der Deckung! Achtet auf das Mündungsfeuer der Angreifer!"

So unmittelbar, wie es begonnen hatte, hörte das Schießen plötzlich auf und es kehrte Friedhofsruhe ein. Außer dem angsterfüllten Schnauben und Wiehern der Pferde war nichts zu hören. Pierce wagte einen ersten Rundblick. Fünf Yards entfernt lag der Sergeant in der Nähe des Gefängniswagens und stöhnte. Weiter hinter ihm lag ein zweiter Polizist und krümmte sich vor Schmerzen. Vom Rest der Begleitmannschaft bewegte sich keiner mehr. Sie waren alle dort, wo sie saßen oder standen, ohne mit der Wimper zu zucken niedergeschossen worden und ihre Körper lagen leblos im Staub. Der Gefangene war entflohen. „Mist", fluchte Pierce, „dass uns das passieren musste. Verdammte Blamage!" Es nützte nichts, er musste sich der überraschend eingetretenen Sachlage stellen und Maßnahmen ergreifen. Er setzte sich langsam auf. Jetzt, wo der Stress der unmittelbaren Bedrohung nachließ, fingen seine Hände an zu zittern. ‚Junge, Junge, was ist bloß los mit mir?', dachte er. Er stand auf und brachte Atmung und Puls wieder unter Kontrolle. Da schoss es ihm durch den Kopf: Charlie! Voll dunkler Vorahnung sprang er auf, suchte den Rastplatz ab, sah seinen Neffen und eilte auf ihn zu. Charlie lag leblos auf dem Rücken, Arme und Beine von sich gestreckt und starrte mit leeren Augen in den Himmel. Pierce ging neben ihm in die Hocke und schüttelte ihn an der Schulter. Doch sein geübter Blick als Gesetzeshüter ließ ihn sofort erkennen, dass nichts mehr zu machen war. Charlie lebte nicht mehr. Auf der Höhe seines Herzens war ein von Schmauchspuren umrandetes Einschussloch. Darum herum hatte sich Blut ausgebreitet. Sein Gesicht war aschfahl. Pierce entdeckte, dass Charlies Revolver weg war. Offenbar hatte Webster ihm die Waffe in dem Moment entwendet, als das Schießen losging. Sodann hatte er die Verwirrtheit des Begleitkommandos sofort ausgenutzt, Charlie aus unmittelbarer Nähe erschossen und war dann verschwunden. Pierce überkam eine Welle von Trauer und tief empfundenem Schmerz. Er konnte ein kurzes Aufschluchzen nicht verhindern, so sehr ging ihm der Verlust seines Neffen nahe. Doch bald wich der Schmerz einem immer heftiger werdenden Gefühl von rasender Wut, das sich mit Selbstvorwürfen mischte. Warum nur hatte er nicht einkalkuliert, dass Charlie auf dieser Mission einer solchen Gefahr ausgesetzt sein könnte? Er hätte das wissen müssen! Warum zum Henker hatte er nicht daran gedacht? Webster würde das büßen!

Eine Weile blieb Marshal Pierce neben Charlies Leiche in der Hocke und überließ sich seinen Gefühlen. Doch dann holte ihn ein erneutes Stöhnen des Sergeanten wieder in die Realität. Er stand auf. Er hatte sich um seine Männer zu kümmern. Und er musste zurück nach Brazoria und überlegen, wie man nun vorgehen sollte. Pierce holte tief Luft und schritt eilig hinüber zu dem Verwundeten.

„Na, Sergeant, wie sieht's aus? Hat Sie mächtig erwischt, was?" Mit diesen Worten versuchte Pierce, dem Mann ein wenig Ablenkung zu verschaffen.

Der Sergeant presste hervor: „Verdammte Schweinerei! Schulterdurchschuss. Tut höllisch weh. Aber keine Angst, ich werde reiten können. Schauen Sie lieber nach den anderen, Sir."

Der schüttelte jedoch den Kopf und bemerkte knapp: „Welche anderen? Außer uns und Ihrem Kollegen da drüben ist keiner mehr übrig. Tut mir leid." Er hielt kurz inne und fügte dann matt hinzu: „Charlie hat's erwischt."

Der Sergeant blickte ihn erschüttert an und schüttelte den Kopf. „Charlie? Sagen Sie, dass es nicht wahr ist, Marshal."

Pierce senkte den Kopf. Der Polizist verstand und nickte betroffen. „Mein Beileid, Sir. Es tut mir aufrichtig leid."

Pierce sah ihn mit betrübten Augen an: „Danke, Sergeant."

Er atmete hörbar aus. Dann straffte er sich und begab sich zu dem zweiten verwundeten Polizisten, um ihn kurz zu untersuchen.

„Sorry, Sir, die haben so plötzlich losgeballert, da hatten wir keine Chance. Mich hat es am rechten Bein erwischt. Wird schwierig werden mit Reiten", sagte der Verwundete.

Dann überkam ihn eine Welle von Schmerz, als er versuchte aufzustehen. Tränen liefen ihm über die Wangen. Pierce betrachtete ihn und nickte langsam.

„Ruhig, Junge, die kriege ich schon, verlass dich drauf", versuchte er, den Mann zu trösten. Dann ordnete er an: „Leute, machen wir uns fertig für den Rückweg nach Brazoria. Alles Weitere klären wir dort. Ich helfe euch, eure Wunden zu verbinden und kümmere mich dann um die Toten. Danach Abmarsch."

15

Am späten Nachmittag saß Jim Barrett im Schaukelstuhl auf der Veranda seines Büros. Nachdem er die Hochzeitsgesellschaft verlassen hatte, wollte er nochmal nach dem Rechten sehen. Da es nichts zu tun gab, saß er jetzt da und schaute dösend die Hauptstraße von Brazoria hinunter. Es war kaum etwas los. Außer einigen Passanten und Geschäftsleuten hielt sich sonst niemand dort auf. Ein Rindertrieb war nicht zu erwarten, also waren auch kaum irgendwelche Cowboys zu sehen. Nach der Sache mit Webster war nun endlich wieder Ruhe und die Leute gingen in Frieden ihren Tagesgeschäften nach. Barrett hatte den Abschlussbericht fertig und konnte sich endlich seinem gewohnten Alltag widmen. Er schaukelte vor sich hin, während einer der Deputies im Büro saß und lästigen Schreibkram erledigte. Der Sheriff nickte Passanten zu und sah ihnen schläfrig nach.

Er überblickte die komplette Straße bis zum Ortsausgang, wo er einige Gestalten im leicht flimmernden Licht des Spätnachmittags undeutlich ausmachen konnte. Barrett blinzelte, als plötzlich eine Gruppe in der Mitte der Straße auftauchte. Sie näherte sich der Stadt. Irgendetwas daran zog Barretts Aufmerksamkeit auf sich. Aus dem flimmernden Dunst schälten sich langsam die Konturen eines eckigen Wagens hervor, den vier Pferde zogen und an dessen Rückseite noch weitere Pferde angebunden waren. Daneben ritt ein einzelner Mensch. Der Sheriff stutzte, kam ihm dieser Wagen doch seltsam bekannt vor. Als sich die Gruppe näherte, wollte er seinen Augen nicht trauen. Er stand auf und starrte perplex den sich nähernden Wagen an. ‚Das ist doch …!‘, dachte er erstaunt.

„Was zum Teufel … ? Marshal Pierce? Was … was soll das heißen? Woher … ?“, stammelte er, als er die Gruppe erkannt hatte.

Sie hielt vor seinem Büro. Der Marshal ließ sich müde aus dem Sattel gleiten. Auf dem Kutschbock erkannte Barrett den erschöpften Sergeanten und einen der Polizisten von heute morgen. Einige umstehende Passanten begannen bereits, voller Neugier näher zu kommen.

„Um Himmels willen, was ist passiert?“, fragte der Sheriff außer sich.

Pierce schlurfte die Treppe zum Büro hinauf, fasste Barrett um die Schulter und führte ihn hinein mit den Worten: „Nicht hier draußen vor den Leuten. Und es wäre nett, wenn ich zuerst einen Kaffee für mich und die Männer bekommen könnte. Und der Doktor soll sich um sie kümmern, sie sind verwundet. Lasst auch den Totengräber kommen, er bekommt Arbeit.“

Barrett hatte es die Sprache verschlagen. Er ließ sich völlig konsterniert hineinführen.

Eine junge Frau unter den Passanten hatte die beiden Gesetzeshüter ins Büro gehen sehen und folgte mit hektischen Schritten. Bevor Pierce die Tür zuziehen konnte, stand sie vor ihm und fragte mit furchtsamer Stimme: „Wo ist mein Mann?“

Der Marshal erkannte Charlies Frau Emma und schaute betreten zu Boden. Er druckste verlegen herum und brachte dann mühsam hervor: „Emma, es tut mir sehr leid.“

Die Frau erstarrte. Alle Farbe wich aus ihrem Gesicht und

sie schrie hysterisch: „Ist er tot? Nein!" Sie fing an, jämmerlich zu schluchzen.

Pierce versuchte sie zu beruhigen. Dann begann er: „Emma, deinen Mann trifft keine Schuld. Er hat seine Pflicht als Polizist vorbildlich erfüllt. Leider gerieten wir in einen Hinterhalt. Webster wurde befreit. Dabei hat er Charlie kaltblütig erschossen." Er machte eine Pause und fuhr fort: „Ich bin verantwortlich. Ich hatte Charlie angefordert. Es sollte ja auch nur ein Transport sein. Völlig ungefährlich. Aber leider kam es anders. Ich verspreche dir, ich bringe dir seinen Mörder."

Pierce winkte eine der Passantinnen herbei, die er als eine Freundin Emmas erkannte, und bat sie, sich um sie zu kümmern.

Nachdem die beiden Damen verschwunden waren, fing Sheriff Barrett an, den Marshal zu bestürmen: „Marshal, was genau ist passiert? Bitte sagen Sie es mir!"

Pierce ließ sich erschöpft auf einem Stuhl nieder und sah Barrett aus müden Augen an.

„Sheriff, was ist mit dem Kaffee?", fragte er.

Als Barrett erneut tief Luft holte, sagte der Marshal: „Barrett, nun beruhigen Sie sich doch erst einmal. Ich hätte jetzt gern meinen Kaffee, bitte. Und dann besprechen wir alles."

Der Sheriff schaffte es, seine Erregung im Zaum zu halten. Er gab dem am Schreibtisch sitzenden Deputy einen Wink, er möge sich um den Kaffee kümmern. Dann berichtete Pierce vom Überfall in allen Einzelheiten und von Websters Flucht. Die anfängliche Fassungslosigkeit Barretts verwandelte sich im Laufe des Berichts in Wut. Gleichzeitig empfand er Mitleid für seinen Kollegen.

„Es ist alles meine Schuld", fuhr der Marshal fort, „ich hätte voraussehen müssen, dass man Webster heraushauen wollte."

„Unsinn, John", entgegnete der Sheriff, „das hätte jedem anderen auch passieren können. Hören Sie auf, sich Vorwürfe zu machen."

„Nein, Jim, es ist allein meine Schuld. Ich bin verantwortlich für den Transport, keine Frage."

„John, bei allem Respekt, eine sehr ärgerliche Sache, aber machen Sie sich bitte nicht fertig. Sie haben viel in der Sache erreicht, und dass Webster fliehen konnte, dafür können Sie nichts."

„Jim", antwortete Marshal Pierce nun langsam und bedächtig, jedes Wort genau betonend, „und doch bin ich verantwortlich. Ich hätte für eine größere Truppe als Bewachung sorgen müssen. Ihre wohlmeinenden Worte in allen Ehren, aber die Verantwortung trage ich allein. Machen wir uns nichts vor."

Pierce wusste nur zu gut, dass er recht hatte. Seit Houstons Bemerkung Richter Brewster gegenüber, jemand aus dem Zuschauerraum habe mit Webster unauffällig Kontakt aufnehmen wollen, hätte ihm als dem verantwortlichen Marshal klar sein müssen, dass eine Befreiung Websters im Bereich des Möglichen lag. Aber er hatte dem nicht genug Bedeutung beigemessen. Das war ganz allein sein Fehler. Damit musste er leben.

Nach einer kurzen Pause fügte Pierce hinzu: „Sei es, wie es sei, wir müssen schnell und gründlich überlegen, wie wir Webster wieder einfangen können. Und dieses Mal hat er Helfer. Wir können davon ausgehen, dass sie ihn ab jetzt begleiten werden."

Betretene Stille machte sich nach seinen Worten breit. Einige Minuten lang sagte keiner der beiden etwas. Jeder starrte nur vor sich hin und nahm sich vom Kaffee, den der Deputy inzwischen gebracht hatte. Plötzlich polterten Schritte die Treppe zum Büro herauf. Die Tür flog auf und ein sehr erregter Herr mit Halbglatze und in einem wegen seiner Leibesfülle etwas knapp sitzenden Anzug stand mitten im Büro des Sheriffs.

„Und wer ist jetzt das?", fragte Marshal Pierce gereizt.

Barrett antwortete in müdem Tonfall: „Das ist unser neuer Bürgermeister, Tom Doherty. Darf ich vorstellen? US-Marshal Pierce."

„Marshal", platzte der Bürgermeister aufbrausend heraus, „eine schöne Blamage, dass Webster entkommen konnte. Ich habe es eben von dem Sergeanten da draußen erfahren. Die Leute reden schon darüber. Das schadet dem Ansehen unserer Stadt. Als Bürgermeister fordere ich, dass die Arbeit der Gesetzeshüter ordentlich erledigt wird. Ich mache Sie dafür verantwortlich!"

Marshal Pierces Gesichtsfarbe verwandelte sich zunehmend ins Dunkelrote.

„Mr. Doherty, wie kommen Sie eigentlich dazu, hier so hereinzuplatzen und mich mit derartigen Vorwürfen zu überschütten?", schleuderte der Marshal ihm wütend entgegen. „Ich weiß selbst, dass ich verantwortlich bin, aber ich lasse mich nicht so von oben herab behandeln. Waren Sie draußen und haben die ganze Sache miterlebt? Können Sie sich da ein Urteil erlauben?", schnaubte er verärgert.

Der Bürgermeister erwiderte etwas kleinlaut: „Nein, Sir,

das nicht, aber ich bin dafür verantwortlich, dass hier in der Stadt alles funktioniert. Da darf ich doch wohl Kritik an Ihrer Arbeit üben, wenn sie offensichtlich nicht richtig gemacht wird, oder etwa nicht?"

„Das machen Sie doch nur, weil Sie wieder gewählt werden wollen, Tom", warf Barrett ein, dem die aus seiner Sicht völlig unnötige Auseinandersetzung auf die Nerven ging.

„Jim, das geht nun doch etwas zu weit", erwiderte Doherty entrüstet, „in meiner Stadt gibt es schließlich Recht und Gesetz. Darunter fällt auch das Wahlrecht. Außerdem bin ich als Bürgermeister meiner Stadt gegenüber verpflichtet, für ihr Wohl zu sorgen."

„Gentlemen, bitte!", ließ der inzwischen wieder ruhigere Marshal sich vernehmen, „das bringt uns nicht weiter. Anstatt uns zu streiten, sollten wir lieber dringend überlegen, wie wir Webster und seine Kumpane wieder einfangen können."

In diesem Punkt hatte er recht. Seinen Einwand quittierten die Männer mit zustimmendem Gemurmel.

Der diensthabende Deputy, der den Wortwechsel die ganze Zeit schweigend verfolgt hatte, machte einen Vorschlag: „Wie wäre es, wenn wir mit zwei Drittel aller männlichen Bürger den Ganoven hinterherjagen?"

„Nein, da muss ich protestieren!", lehnte der Bürgermeister ab. „Wir können nicht ein so großes Aufgebot zusammenstellen, ohne die Wirtschaftskraft unserer Stadt zu gefährden. Wir brauchen die Leute hier. Außerdem muss die Stadt wehrfähig bleiben, falls ein Angriff droht."

„Aber zurzeit gibt es kaum Banditen in dieser Gegend und die Indianer verhalten sich friedlich", gab Barrett zu bedenken.

„Nein, der Bürgermeister hat recht", entgegnete Pierce. „Wir können die Stadt nicht entvölkern. Wir müssen das dieses Mal etwas anders angehen, weil wir gar nicht wissen, in welche Richtung die Ganoven unterwegs sind. Die können überall sein. Im Nordwesten oder Westen oder Gott weiß wo. Also, ich bitte um brauchbare Vorschläge."

Eine Weile war es still im Büro des Sheriffs. Nur die Geräusche, die von den Bewegungen der Männer verursacht wurden und das Knistern des Kaminfeuers waren zu hören. Dann meldete sich Sheriff Barrett zu Wort.

„Telegraf."

Die Männer starrten ihn einen Augenblick lang verständnislos an.

„Ja, das Telegrafenbüro. Warum bedienen wir uns nicht der modernen Technik?"

„Sheriff, würden Sie uns bitte etwas genauer erklären, was Sie meinen?", fragte Pierce begriffsstutzig.

„Nun", begann der Sheriff, „ich überlege, ob wir nicht ein Telegramm an meinen Kollegen in Victoria schicken sollten. Immerhin besteht doch der Hauch einer Chance, dass Webster in Richtung Südwesten unterwegs ist. Das entspräche ungefähr der Richtung, in die er auf seiner ersten Flucht unterwegs war. Damals ritt er den Colorado River hinauf, wo wir ihn stellen konnten. Vielleicht denkt er, dass er nun besser wo ganz anders hin reitet. Ich glaube, er will nach Kalifornien oder Mexiko."

‚Vielleicht wäre das wirklich eine Chance', überlegte der Marshal und nickte dann zustimmend. „Keine schlechte Idee mit dem Telegramm, Barrett. Schicken Sie aber gleichzeitig auch welche nach Houston und Fort Worth, damit wir den Norden auch abdecken können."

„Okay, Marshal. Deputy, bitte erledigen Sie das. Kommen Sie zurück ins Büro, sobald Sie die Antworten haben."

Der Deputy nickte, verließ das Büro und lief auf direktem Weg zum Telegrafenbüro. Die beiden Gesetzeshüter und der Bürgermeister blieben schweigend zurück. Tom Doherty blickte in die Runde und schien etwas ratlos.

„Was machen wir in der Zwischenzeit?"

Marshal Pierce dachte einen Moment lang nach. Dann wandte er sich höflich an den Bürgermeister.

„Mr. Doherty, ich möchte Sie bitten, solange das Büro zu verlassen, bis wir Nachricht aus Victoria haben. Ich möchte mit Jim Barrett allein sein."

Doherty hob erstaunt die Augenbrauen. Als er jedoch den Gesichtsausdruck des Marshal sah, nickte er und verabschiedete sich eilig.

„In Ordnung. Entschuldigen Sie, bitte."

Barrett und Pierce waren nun unter sich. Der Marshal sah zu Boden und schien nachzudenken. Leise drangen die Geräusche der Straße ins Büro des Sheriffs. Barrett begab sich langsam hinter seinen Schreibtisch und setzte sich. Er kippte mit dem Stuhl zurück, bis die Wand die Bewegung stoppte. Der Stuhl knarrte. Marshal Pierce schlich ein paarmal hin und her. Schließlich setzte auch er sich, tief in Gedanken versunken.

„Ich kann nachfühlen, wie Sie empfinden, John", sagte Jim Barrett in die Stille. „Wofür das alles? Wofür all die Mühe, die wir uns machen? Für die paar Kröten, die uns am Leben halten?"

„Das stimmt", sinnierte John Pierce vor sich hin. „Oft hängen sie die Falschen. Und wenn sie einen zu Recht verurteilen, kommt er bisweilen vorzeitig aus dem Bau. Der kommt dann zurück und schießt auf dich. Manchmal bist du auch selber schuld und lässt dich übertölpeln. Du musst deinen Job dauernd zweimal machen. Und am Ende kriegst du die Löhnung in Blei ausbezahlt."

„Warum also weitermachen? Bloß damit ein paar dickwanstige Geldsäcke unbeschwert schlafen können? Ich habe Leute gesehen, die ritten auf einem vierhundert Dollar teuren Sattel. Und was habe ich? Nichts."

„Das ist wahr. Dafür bekommen wir alles kostenlos. Die Kopfschmerzen, die Kugeln, einfach alles. Undank inbegriffen, wenn es gutgeht. Und wenn nicht, ist man der Gelackmeierte."

Pierce sah seinen langjährigen Freund und Kollegen an.

„Und dennoch: Einer muss den Job machen. Einer muss da sein und sich kümmern."

Eine Weile schwieg er. Dann sah er auf und schaute Jim Barrett ins Gesicht. „Ich werde Webster fassen. Um jeden Preis!"

Barrett hob eine Augenbraue. Er sah Pierce warnend und besorgt an. „Um jeden Preis?"

Pierce zuckte mit den Schultern und seufzte. „Ich weiß, Jim, ich weiß. Und doch …"

Weiter brauchte er nicht zu sprechen. Sie sahen sich wieder an und verstanden einander auch so.

Pierce schien eine Entscheidung zu treffen. Er richtete sich auf und sagte: „Jim, ich möchte, dass Sie dieses Mal nicht mitreiten."

Jim Barrett sah seinen Freund einen kurzen Augenblick fragend an, nickte dann aber langsam. Dennoch glaubte der Marshal, Barrett hätte ihn nicht wirklich verstanden.

Er sah sich daher zu einer Erläuterung genötigt: „Es könnte sein, dass Webster zurückkommt. Ich glaube das zwar nicht. Aber es wäre gut, wenn Sie ein Auge auf Laura Pine hätten. Nur für alle Fälle."

Jetzt hatte Jim Barrett verstanden und lächelte. „Geht klar."

Der Marshal fuhr fort: „Es gibt noch einen Grund, warum ich Sie gern hier hätte. Wir müssen in zwei Richtungen suchen. Ich möchte, dass Sie unsere Suche von hier aus koordinieren. Sobald wir Nachricht aus Victoria haben, erkläre ich Ihnen, was ich vorhabe."

Der Deputy brachte keine Nachrichten über Websters Verbleib. Immerhin hatte der Sheriff in Victoria ihm mitteilen können, dass sich dort zur Zeit zwei Kopfgeldjäger aufhielten: Terry Goodnight und Bob Malone. Die beiden waren für ihre Effizienz beim Aufspüren von Gesuchten bekannt. Daher beschloss man, sie hierher nach Brazoria zu beordern, um sie in südwestlicher Richtung auf Websters vermutete Fährte zu setzen. Marshal Pierce war im Grunde kein Freund von Kopfgeldjägern, da sie die Gesuchten häufig mehr tot als lebendig zurückbrachten. Insgeheim frohlockte er aber über die unverhoffte Verstärkung. Denn er sah hier eine Verbesserung seiner Chancen. Auf ein erneutes Telegramm, das die Dringlichkeit der Sache unterstrich, trafen Goodnight und Malone kurz vor Mitternacht in Brazoria ein.

„Mr. Goodnight, Mr. Malone, seien Sie willkommen", begrüßte Marshal Pierce die beiden frostig. „Sie wissen ja schon, worum es geht."

„Tag, Marshal, ist mir bekannt", erwiderte Goodnight mit einem Hauch von Arroganz, während Malone grinste. „Schön, dass Sie unsere Dienste in Anspruch nehmen möchten."

Goodnight fiel auf durch seine hagere Gestalt, war jedoch eher unauffällig gekleidet. Sein Partner Malone war ein untersetzter und dunkler Typ, dessen Teint die gänzlich schwarze Kleidung noch betonte. Er kam Pierce vor, wie einer der am schlechtesten rasierten und zwielichtigsten Typen, von denen es in Texas zur Genüge gab. Beide trugen je zwei Sechsschüsser in blank polierten Holstern.

Barrett konnte die beiden Kopfgeldjäger nicht nur aus Prinzip, sondern auch wegen ihrer Art von Anfang an nicht leiden. Aber er enthielt sich jeglichen Kommentars, um den Erfolg des geplanten Unternehmens nicht zu gefährden.

„Nun denn", begann der Marshal erneut, „fangen wir an. Hier ist ein Steckbrief von Webster und etwas Geld. Ich schreibe ein Kopfgeld auf Webster und jeden, der mit ihm reitet, in Höhe von 500 Dollar aus. Als zuständiger Marshal ermächtige ich Sie, die Gesuchten mit allen gebotenen Mitteln nach Brazoria zurückzubringen und von der Waffe nur im Notfall, ich wiederhole: im Notfall Gebrauch zu machen. Haben Sie das verstanden?"

„Klar, Sir", erwiderte Goodnight gedehnt, der offenbar der Wortführer der beiden war. „Wir verstehen unseren Job. Sie brauchen sich nicht die geringsten Sorgen zu machen." Malone verzog dazu breit grinsend sein Gesicht.

„Nun zu unserem gemeinsamen Vorgehen. Gentlemen, wenn Sie bitte einmal zu der Wandkarte dort drüben kommen möchten", begann der Marshal nun seinen Plan zu erläutern.

„Hier im Südwesten liegt Victoria, von wo Sie beide aufgebrochen sind. Sie werden dorthin zurückreiten und Ihre Suche in Richtung Südwesten beginnen. Ich werde mit meinen beiden Deputies McNair und Wheelwright in nördlicher Richtung in der Gegend um Houston und Fort Worth suchen. Unsere beiden Suchtrupps werden wenn möglich jeden Abend ein Telegramm an Sheriff Barrett nach Brazoria senden mit einem Zwischenbericht. Barrett, Sie geben die jeweilige Information an den jeweils anderen Trupp weiter und koordinieren dadurch die Suche. Auf diese Weise ist jeder der beiden Suchtrupps über die Gesamtlage in Kenntnis gesetzt und wir haben eine Chance, die Suche einzugrenzen und bei Aufspüren der Flüchtigen den jeweils anderen Trupp als Verstärkung anzufordern. Gibt es Fragen?"

Der Plan klang plausibel und vernünftig. Barrett hatte jedoch Bedenken.

„Marshal, wäre es nicht besser, noch mehr Leute von vornherein als Unterstützung hinzuzuziehen? Wie wäre es zum Beispiel, wenn wir die Armee um Hilfe bitten?"

„Barrett, guter Einwand, aber ich glaube, dass weniger Leute auch weniger Staub aufwirbeln. Außerdem sind wir beweglicher und warnen die Gesuchten nicht allzu früh vor. Sollte es nötig sein, können wir immer noch Hilfe aus den Forts an der Grenze zum Indianergebiet anfordern. Die haben inzwischen auch Telegrafenstationen. Also keine Sorge."

Pierce unterbrach seine Ausführungen, weil ihm noch ein Gedanke gekommen war. An die beiden Kopfgeldjäger gewandt sagte er dann: „Ich möchte Ihnen raten, Buck mitzunehmen."

Die beiden schauten Pierce fragend an. Malone wollte wissen: „Buck, was ist das?" Dabei fing er wieder an zu grinsen.

Die Augen des Marshals verengten sich für einen kurzen Moment. Wie war das? War das jetzt eine Provokation oder wusste der Mann allen Ernstes nicht, dass Buck ein Männername war? Pierce beschloss, nicht darauf einzugehen, und gab Auskunft.

„Buck Delgado ist ein Spurenleser wie kein zweiter. Hat uns schon oft geholfen."

Goodnights Frage nahm einen geringschätzigen Tonfall an: „Was ist an dem wohl besonderes, das er besser kann als wir?"

„Er ist Mischling", sagte Marshal Pierce gelassen, „Halbindianer. Seine Mutter war eine Apachensquaw, sein Vater stammt aus Mexiko. Er kennt alle Tricks."

„Ein Bastard von einem Halbblut", stichelte Malone mit spöttischem Unterton in der Stimme.

„Was soll das?", herrschte Sheriff Barrett ihn an. „Wohl Indianerfresser, wie? Nehmen Sie sich in acht! Zurzeit ist Friede in der Gegend. Wir brauchen hier keine Unruhestifter."

„Er meint es nicht so", entschuldigte sich Goodnight für seinen Partner, wenn auch nicht unbedingt überzeugend. Er fuhr geschäftsmäßig fort: „Danke, aber wir arbeiten lieber allein. Das hat sich so bewährt."

Pierce blickte reihum in die Gesichter der Männer und beendete die Besprechung.

„Wenn dann keine weiteren Fragen mehr sind, schlage ich vor, dass wir ein paar Stunden schlafen. Es ist bereits weit nach Mitternacht. Kurz vor Morgengrauen brechen wir auf.“

16

Inzwischen neigten sich die beschaulichen Tage des Herbstes dem Ende zu. Nach drei Tagen erschien um die Mittagszeit ein Angestellter des Telegrafenbüros beim Sheriff mit einer Nachricht von Marshal Pierce. Der hatte sich wie verabredet gemeldet.

Barrett riss das Telegramm dem Boten aus der Hand und las es voller Erwartung hastig durch. Jedoch ließ er nach zweimaligem Lesen seine Hand sinken und verzog enttäuscht das Gesicht.

„Schade. Hatte gedacht, von Pierce positivere Nachrichten zu bekommen. Noch keine Spur von Webster und seinen Kumpanen. Troy, ich komme mit und schaue, ob noch mehr eintreffen", sagte er zu dem Telegrafisten und verließ mit ihm gemeinsam sein Büro. Doch es kam keine weitere Nachricht. Nach fünfunddreißig Minuten ging er zurück, nicht ohne vorher Troy eingeschärft zu haben, sofort zu ihm zu kommen, sobald es etwas Neues gebe.

Barrett musste sich bis zum Abend gedulden, bis die ersehnte Nachricht kam. Die beiden Kopfgeldjäger meldeten, dass sie auf Websters Spur gestoßen waren. Angeblich waren er und seine Leute auf dem Weg nach New Mexico, um sich der dort untergetauchten John-Kinney-Gang anzuschließen. Diese Information hatten Goodnight und Malone von einem gewissen Ryker, der eine kleine Poststation westlich von Victoria betrieb. Sobald Barrett die Nachricht gelesen hatte, schickte er ein entsprechendes Telegramm an Marshal Pierce, der sich in der Gegend um Houston aufhielt. Nach etwa zehn Minuten kam die Antwort: „endlich + nachricht dankend erhalten + reiten umgehend richtung victoria + versuchen kontaktaufnahme + halten sie sich weiter bereit + pierce"

Marshal Pierce, seine beiden Deputies und Buck Delgado waren gezwungen, über Nacht in der Poststation zu bleiben, von der aus Pierce telegrafiert hatte. Das Wetter verhielt sich miserabel. Der Himmel hatte seine Schleusen geöffnet. Ein heftiger Wolkenbruch machte alle Straßen und Wege nahezu unpassierbar. Deshalb beschlossen sie, bis zum Morgen eine Besserung des Wetters abzuwarten.

„Ihr könnt im Zimmer nebenan übernachten. Das macht dann 5 Dollar pro Mann inklusive Frühstück und Futter für die Pferde. Einverstanden?", bot ihnen der Telegrafist an.

„Einverstanden", antwortete Pierce, „ich hoffe nur, dass wir morgen weiter können. Regnet es hier immer so heftig?"

„Kann vorkommen. Aber zu dieser Jahreszeit ist das auch schnell wieder vorbei. Denke, dass ihr morgen weiter könnt. Wünsche angenehme Nachtruhe."

„Verbindlichen Dank", brummte McNair, und die vier verschwanden in ihrem Zimmer.

In der Nacht schlief der Marshal unruhig. Er glaubte, wieder am Anfang seiner Laufbahn zu stehen. Während er jemanden verfolgte, sah er dunkle Wolken, die über der Stadt aufzogen, in der Pierce sich in diesem Moment befand. Ein Gewitter schien sich anzubahnen. Wetterleuchten war in der Ferne zu sehen. Der Himmel hatte eine bedrohliche Farbe, die zwischen dunklem Grau und fahlem Gelb wechselte.

Sie tauchte die kleine Stadt in ein unwirkliches Licht. Pierce sah plötzlich seinen Vater Johann Gottlieb Pries in dessen schwarzem Anzug, der ihm irgendetwas auf deutsch zurief. Er war ein Advokat aus Thüringen, einer der vielen Auswanderer nach den USA. Als Anhänger der nationalliberalen Bewegung hatte er seine Heimat aus politischen Gründen verlassen müssen. Man hatte ihn gar mit Festungshaft bedroht. Daher wollten er und seine Frau, dass ihre Kinder einmal in Freiheit geboren würden und sich ohne staatliche Gängelung entwickeln können sollten. Später hatte Johann Gottlieb seinen Namen geändert. John William war dann 1830 geboren worden. Seine Abstammung hatte ihm später geholfen. Die deutschen Einwanderer standen bald in dem Ruf, bodenständig zu sein. Solche Leute brauchte man besonders in den Reihen der Gesetzeshüter. So war John William im Alter von 25 Jahren bereits zum Sheriff gewählt worden. Als er nun das Gesicht des Vaters sah, formte es Worte, die er nicht verstand. Johann Gottlieb schien etwas zu rufen, das John nicht hören konnte. Aber er glaubte, das deutsche Wort für „Gefahr" vom Mund seines Vaters ablesen zu können. Dann auf einmal verschwand Johann Gottlieb wie im Nebel. Pierce war wieder allein. Er sah sich um. Kein Mensch zeigte sich auf der Hauptstraße bis auf den jungen Mann, den er kaum 20 Yards entfernt verfolgte. Der Mann drehte sich um und schoss auf ihn, traf ihn aber nicht. Dann lief er weiter. Pierce rannte hinter ihm her, ohne jedoch spürbar aufzuholen. Er konnte den Verfolgten nicht einholen, da beide sich mit etwa gleicher Geschwindigkeit bewegten. Er hatte das Gefühl, als käme er nicht vom Fleck. Pierce hob seinen Revolver. Der Mann drehte sich abermals

um. Pierce sah in sein Gesicht. Es war eine vor Angst ver-
zerrte Fratze. Er zielte. Doch als er auf den Mann schoss,
zerplatzte dessen Silhouette und Pierce wachte schweißgebadet und schwer atmend auf. Sein Herz polterte heftig und
er brauchte eine Weile, bis er sich beruhigt hatte.

,Schon wieder dieser Traum‘, dachte er. ,Was soll das?
Ich darf nicht schlappmachen. Ruhig Blut.‘ Es war derselbe, den Pierce in letzter Zeit häufiger hatte. Dieser Traum
suchte ihn seit ein paar Monaten heim, meistens dann, bevor es in seinem Job brenzlig wurde. So auch jetzt auf der
Jagd nach Webster. Pierce hatte es inzwischen aufgegeben,
nach dem Grund für den Traum zu suchen und warum er
ihn früher nie hatte. Dass er da war, war nervtötend genug.
Daher versuchte er immer, diesen Alpdruck zu verdrängen.
Meistens gelang ihm das, jedoch konnte er nicht verhindern, dass der Traum in unregelmäßigen Abständen wieder
kam. Pierce schluckte und atmete ein paarmal geräuschvoll
ein und aus. Es war noch mitten in der Nacht. Er lauschte nach verdächtigen Geräuschen. Doch nichts regte sich.
Auch seine Männer schliefen noch. Nachdem Pierce sich
davon überzeugt hatte, dass alles in Ordnung war, legte er
sich beruhigt wieder hin und schlief bis zum Wecken.

Am nächsten Morgen war das Wetter nicht viel besser. Der
die Nacht über andauernde Starkregen hatte zwar aufgehört,
stattdessen wehte aber nun ein scharfer Wind, der die grauen
Wolkenfetzen vor sich hertrieb. Eine nachhaltige Wetterbes-
serung war vorerst nicht in Sicht, aber es half nichts. Die Suche nach Webster musste weitergehen. Die Männer machten
sich nach kurzem Frühstück auf den Weg. Glücklicherweise

nahm der Wind im Laufe des Vormittags etwas ab. Es regnete nur noch hin und wieder. Aber die Straße hatte sich in das reinste Schlammbad verwandelt und die Pferde kamen nur mühsam und langsam voran. Erst am frühen Nachmittag, als der Regen endgültig aufgehört hatte, wurden die Wege wieder trockener. Es gelang dem Trupp, auf dem Weg nach Westen die Stadt Victoria nördlich zu umgehen und mit Hilfe dieser Abkürzung erheblich an Zeit zu sparen. Auf diese Weise konnten sie hoffentlich auch die Entfernung zu den Flüchtigen verkürzen. So erreichten der Marshal und seine Leute nach eintönigem Ritt gegen Abend eine kleine in einem Tal gelegene Farm. Zunächst war nichts und niemand weit und breit zu sehen, sodass die Reiter glaubten, die Farm sei verlassen. Aber als sie sich näherten, öffnete sich die Tür des Hauptgebäudes und ein etwas älterer Mann mit strähnigem grauem Haar und zotteligem Kinnbart trat heraus und kam auf die Ankömmlinge zu.

„Nanu, so spät noch Besuch?", fragte der Alte und als er die Sheriffsterne unter den geöffneten Reitermänteln hervorblinken sah, wurde er misstrauisch: „Was verschlägt die Vertreter des Gesetzes in diese einsame Gegend?"

Pierce fixierte den Alten durchdringend, wie um zu erkunden, ob der den Gesuchten in irgendeiner Weise Unterschlupf gewährt hätte. Dann sagte er gedehnt: „Ich bin US-Marshal John Pierce und das sind meine Deputies. Wir suchen einen gewissen Frank Webster in Begleitung von mindestens zwei Männern. Außerdem möchten wir gern wissen, ob hier zwei weitere Gesetzeshüter vorbeigekommen sind." Damit holte er etwas umständlich den Steckbrief des Gesuchten hervor und zeigte ihn dem Farmer. „Haben

Sie diesen Mann in letzter Zeit gesehen?"

Der Mann reagierte etwas verwundert und ungeduldig zugleich. Nur einen kurzen Blick auf den Steckbrief werfend sagte er: „Ist heute schon das zweite Mal, dass mich einer nach dem da fragt."

Pierce wurde hellhörig. „Wann war das? Und wer hat Sie gefragt?", stieß er hervor.

„Ist keine drei Stunden her", entgegnete der Mann. „Waren zwei Reiter, wohl auch Sheriffs. Goodwill hieß der eine, glaube ich."

Pierce und McNair sahen einander an und nickten. Sie waren auf der richtigen Fährte. Dann fragte der Marshal: „Und was ist mit dem Typen auf dem Steckbrief und seinen Begleitern? Haben Sie die auch gesehen?"

Der Mann gab zögerlich Auskunft: „Kann sein, weiß ich nicht. Vorgestern habe ich nachmittags draußen im Hof was gearbeitet und zufällig zur Straße da drüben geschaut. Und da habe ich drei Reiter gesehen. Weiß nicht, ob sie's waren. Die ritten einige hundert Yards dahinten parallel zur Straße. Sehen Sie?" Er zeigte in die beschriebene Richtung, als ob in diesem Moment tatsächlich drei Reiter entlang ritten.

„In welche Richtung waren sie unterwegs?", fragte Deputy Wheelwright.

„Hab ich Ihren Kollegen auch schon gesagt: nach Westen", antwortete der Mann. „Kam mir gleich komisch vor, dass sie nicht die Straße benutzten, sondern weit dahinter entlang ritten. Als ob sie nicht erkannt werden wollten. Hab mir aber weiter nichts dabei gedacht. Sie müssen schon entschuldigen, hier draußen bekommt man ja gar nichts mit, was so in der Welt passiert."

Die vier Männer schauten sich gegenseitig an und nickten langsam. „Das sind sie", brummte McNair und grinste.

„Schon gut. Danke, Mister", rief Marshal Pierce, „und schönen Abend noch!"

Damit gaben die vier ihren Pferden die Sporen und preschten davon. Der Farmer wollte sie noch einladen, angesichts der einsetzenden Dämmerung doch über Nacht zu bleiben. Er rief ihnen hinterher, aber das hörten sie nicht mehr. Kopfschüttelnd schlurfte der Mann langsam wieder ins Haus.

Der Trupp des Marshals ritt die Nacht durch, jedoch nicht ohne ein paar kurze Stopps und eine etwas längere Pause. Das Wetter hielt sich, es blieb trocken, aber bedeckt und verhältnismäßig kühl. Zeitweise sorgte ein von mehr oder weniger durchlässigen Wolken verhangener Mond für fahles Licht, das eben genügte, um den Reitern den Weg ausreichend zu beleuchten. In der Morgendämmerung passierten sie ein Waldstück links der Straße, zu deren Rechter das Grasland sanft anstieg. Sie folgten der Straße in einer weiten Kurve über den flachen Hügelkamm hinweg und erblickten in einiger Entfernung zwei Hütten rechts des Weges, von denen, in der Morgendämmerung undeutlich zu erkennen, Rauch aufstieg. ‚Endlich ein Platz zum Ausruhen, warmes Essen und Betten', freuten sie sich schon. Oder war es Nebel, der da von der Hütte aufstieg? Sie konnten es erst beim Näherkommen genau ausmachen. Fährtenleser Buck bemerkte als Erster, dass hier etwas nicht stimmte. Für eine häusliche Feuerstelle war der Rauch eindeutig zu dick. Als sie sich den Hütten näherten, offenbarte sich ihnen schließlich, was nicht ins gewohnte Bild der beschaulichen Herbstlandschaft passte, ja, was die Harmonie dieser Landschaft sogar in recht empfindlichem Maße störte. Zwischen den Hütten lagen die leblosen Körper eines Mannes und einer Frau. Die Hütte, von der der Rauch aufstieg, war angezündet worden. Der Brand hatte zwar nicht lange vorgehalten, jedoch ausgereicht, um das Innere vollständig unbrauchbar zu machen und die rückwärtige Wand und Teile des Daches zum Einsturz zu bringen. Der Marshal und seine Männer ritten in langsamem Schritt in die Nähe der leblos Daliegenden und saßen ab. Während McNair die Pferde hielt und Wheelwright die Umgebung mit gezogenem Revolver sicherte, kniete Pierce bei den beiden Körpern nieder. Zwei kurze Blicke genügten, um ihm mitzuteilen, dass der Mann und die Frau nicht mehr lebten. Die Frau lag auf dem Rücken. Sie hatte Brandmale an den Armen, eine aufgerissene Bluse und Würgemale am Hals. Ihr Rock war gewaltsam nach oben gezogen worden, ihre Unterkleider zerrissen. Ihre Augen starrten ohne Glanz in den Himmel und ihr Mund stand offen, das Gesicht offenbar vor Angst oder Schmerz verzerrt. Sie atmete nicht mehr. Bei dem Mann war das Ergebnis von Pierces Untersuchung noch eindeutiger: Der Tote hatte ein Einschussloch in der Stirn. Am Hinterkopf war die Kugel wieder ausgetreten. Er musste sofort tot gewesen sein.

„Ekelhaft", fluchte Pierce, der einiges gewohnt war. „Die beiden waren unbewaffnet. Sie hatten nicht die geringste Chance."

Er schüttelte den Kopf angesichts dieses Gewaltexzesses. ‚Warum gehen die so brutal vor?', fragte er sich. ‚Warum

bringen sie diese Leute um? Sie müssen doch davon aus-
gehen, dass ich sie dann viel leichter finde. Warum also?
Wollen sie, dass ich sie finde? Will Webster mich in eine
Falle locken?'

Pierce begann, sich weiter umzuschauen. Er winkte
Wheelwright und Buck, ihm zu folgen. Beide bewegten
sich vorsichtig auf die zweite Hütte zu, die offenbar noch
unversehrt war. Pierce zog sicherheitshalber seinen Colt
und trat die angelehnte Tür auf. Als sich drinnen niemand
rührte, wagte er sich hinein. Wheelwright und Buck warteten indessen und ließen ihre Blicke wachsam und beständig
umherwandern. Auf der Straße war niemand zu sehen, auch
zwischen den Bäumen des nun etwas weiter abseits gelegenen Waldes blieb alles friedlich. Die Sonne brach zögerlich
durch die Wolkenschleier und rings um die beiden Hütten
blieb die Landschaft unheimlich still. Nur vereinzelt hörten
sie Vogelgezwitscher.

Nach etwa fünf Minuten kam Pierce aus der Hütte und
berichtete: „Joe, in der Hütte sind keine Lebensmittel.
Auch habe ich keinerlei Waffen und Munition gefunden.
Wenigstens hätte hier eine Schrotflinte und ein Revolver
sein müssen. Notwendige Utensilien für ein Leben in dieser
Einsiedelei. Da sie nicht zu finden sind, glaube ich, dass sie
gestohlen wurden. Ich schaue nochmal in der anderen Hütte
nach. Kann sein, dass das Feuer noch was übrig gelassen
hat."

Doch auch die kurze Untersuchung der zerstörten Hütte
ergab dasselbe Bild. Die Männer schauten sich nachdenklich an.

Joe Wheelwright schüttelte den Kopf: „Und wenn es doch

Zufall ist? Das da", er deutete auf die Szenerie der Verwüstung, „könnten ja auch irgendwelche anderen Banditen getan haben. Oder?"

Pierce zog die Stirn in Falten und erwiderte gedehnt: „Nein, das glaube ich nicht. Das war Raubmord, eindeutig. Und das Feuer sollte es als Überfall von Indianern oder Banditen aussehen lassen."

Da sich auf dem Gelände Spuren von beschlagenen Hufen fanden, die weiter nach Westen führten, war der Marshal davon überzeugt, dass sie Webster und dessen Kumpane vor sich hatten. Deputy Jim McNair blieb skeptisch. Er schaute die anderen immer noch zweifelnd an. Daher nahm Pierce einen zweiten Anlauf.

„Sieh mal, Webster und seine Leute sind in ungefähr dieser Richtung unterwegs, entlang der Straße, auf der wir reiten. Natürlich kann der Überfall hier zufällig passiert sein. Aber das passt alles zeitlich so gut zusammen. Schau dir doch die Toten an: ein oder zwei Tage her!"

Er überlegte einen Moment lang und entschied dann: „Wir reiten noch ungefähr eine Stunde, dann ruhen wir uns aus. Danach geht's zügig weiter. Wir müssten Goodnight und Malone bald einholen. Die brauchen uns als Verstärkung."

So schwangen sie sich in die Sättel und nahmen die Verfolgung wieder auf.

17

Als sie am späten Vormittag dem Lauf der Straße über einen flachen Hügel folgten, breitete sich eine Ebene vor ihnen aus, die geprägt war von leicht welligem Flachland mit Feldern, Weiden und kleinen bis mittelgroßen Waldstücken. Quer durch sie hindurch schlängelte sich ein unscheinbares Flüsschen. An seinen Ufern schmiegte sich eine kleine Stadt harmonisch mitten in diese herrliche Landschaft, als wollte sie sagen: Seht her, ich und die Natur, wir sind eins. Es war Beeville, das hier am Ufer des Poesta Creeks in der Morgensonne glitzerte. Ein friedliches Bild, das sich den Reitern darbot. Doch als sie in die Stadt einritten und der Hauptstraße ins Zentrum folgten, erkannten sie sofort eine Unruhe, die über das normale Maß an täglicher Geschäftigkeit hinausging. Vor der örtlichen Bank machten sie denn eine Ansammlung Neugieriger aus, die heftig diskutierte. Sie steuerten, in der Hoffnung auf Informationen, darauf zu und saßen ab.

Ein Mann mit dem Stern des Sheriffs versuchte, die Diskutierenden zu beruhigen. Mehrere Männer beschäftigten sich offenbar mit Reparaturen am Eingang der Bank und im Schalterraum. Jemand kniete am Boden und wischte Blutflecken auf. Um die Eingangstür herum bemerkten die Neuankömmlinge mehrere Einschusslöcher.

„Was ist hier los?", fragte Marshal Pierce einen der Umstehenden.

„Überfall", gab der Angesprochene knapp zurück. „Drei Maskierte haben zwei Säcke mit Geld mitgehen lassen und den Kassierer niedergeschossen."

Wie zur Bestätigung des Gesagten trat darauf der Mann mit dem Sheriffstern auf Pierce und seine Leute zu und sprach sie an.

„Wer sind Sie? Etwa auch Vertreter des Gesetzes?"

Pierce übernahm es wie meistens, zu antworten: „US-Marshal John William Pierce, zu Diensten. Und das sind meine Deputies." Indem er sein Abzeichen zeigte, fuhr er grinsend fort: „Wir sind auf der Suche nach drei Kriminellen."

„Oh Entschuldigung, Sie sind es, Pierce! Hatte Sie zuerst gar nicht erkannt. Wo habe ich nur meinen Kopf", rief da der Sheriff erfreut aus.

„Ja, ja, der gute alte Jeff Collister, immer noch Sheriff in Beeville. Aber die Augen werden schlechter, wie es scheint. Ansonsten munter wie eh und je", gab Marshal Pierce gutgelaunt zurück.

„So ist es. Nun, was kann ich für Sie tun?", fragte Collister.

Pierce zeigte ihm den Steckbrief und berichtete. Während des Gespräches stellte sich heraus, dass es tatsächlich Webster und seine Kumpane waren, die die Bank von Beeville ausgeraubt hatten. Und vor etwa zwei Stunden waren Unbekannte kurz nach dem Überfall aufgetaucht und hatten ebenfalls nach den Gesuchten gefragt. Pierce nickte zufrieden und erkundigte sich nach Einzelheiten über den Hergang des Überfalls. Demnach waren Webster und seine Leute am frühen Morgen gleich nach Öffnen der Bank aufgetaucht und hatten nach kurzer Sondierung der Lage herausgefunden, dass unmittelbar nach Beginn der Geschäftszeiten eine

Geldlieferung an die Bank eintraf. Sobald die Übergabe der Gelder abgeschlossen war, hatten sie dann zugeschlagen und waren verschwunden. Dabei hatten sie einen der Bankangestellten angeschossen, als er versucht hatte, Hilfe herbeizuholen. Die kurze Schießerei war so schnell beendet gewesen, wie sie angefangen hatte. Da Sheriff Collister zu diesem Zeitpunkt am anderen Ende der Stadt zu tun hatte, konnte er nur noch den angerichteten Schaden begutachten und sich ein Bild der Lage durch Befragung von Zeugen verschaffen. Fest stand, dass Webster und seine Leute weiterhin in westlicher Richtung unterwegs waren, dicht gefolgt von den Kopfgeldjägern Goodnight und Malone. ‚Nicht schlecht', dachte Pierce angesichts dieser Entwicklung. ‚Da haben wir es doch wirklich geschafft, sie beinahe einzuholen. Tja, exzellente Pferde muss man eben haben. Und Glück.'

Dass sie den Gesuchten nun endlich nahekamen, versetzte Pierce in Hochgefühl. Gleichzeitig wurde er ungeduldig. Sein Ruf als US-Marshal war nahezu legendär. Viele sagten, er sei der beste Marshal des Südens. Böse Zungen behaupteten zwar, dies sei deshalb der Fall, weil er der einzige für den gesamten Bezirk zuständige Marshal war. In der Tat konnte er jedoch auf beachtliche Erfolge zurückblicken und strafte alle Kritiker und Neider damit Lügen. Dass sein Ruf, beständig und gründlich zu sein und sich wie ein Terrier in eine Sache verbeißen zu können, eine gewisse Berechtigung hatte, bewies er jetzt trotz seines fortgeschrittenen Alters aufs Neue. Er ließ sich mit der ihm eigenen Sturheit durch nichts von der Verfolgung abhalten, zumal er die Schlappe, die Webster ihm durch seine Flucht beigebracht hatte, um jeden Preis wieder gutmachen wollte.

„Verdammte Sauerei!", fluchte Pierce leise vor sich hin. Er und seine Hilfssheriffs versuchten, Terry Goodnight und Bob Malone in Windeseile einzuholen. Bereits vor einer Stunde waren sie von Beeville aufgebrochen. Goodnight und Malone klebten förmlich an Webster. Es sah so aus, als ob man die Desperados bald haben würde, aber dem Marshal kamen nun erhebliche Skrupel. Er wollte es nicht ausschließlich den Kopfgeldjägern überlassen, die Gangster zur Strecke zu bringen. Daher trieb er zur Eile an. McNair, Wheelwright und Buck folgten unermüdlich.

„Los, schneller, Jungs!" Pierce wurde langsam nervös. „Wenn ich mich nicht irre, liegt irgendwo dort vor uns der Nueces River. Dort hat ein gewisser George West seine Ranch. Das sind von hier etwa zwei Stunden. Würde mich nicht wundern, wenn die Halunken dort einen kurzen Zwischenhalt einlegen würden, um sich zu verproviantieren. Von dort sind es noch ein bis zwei Tagesritte bis zur mexikanischen Grenze. Versteht ihr?"

McNair antwortete gedehnt: „Jaa, da sollten wir uns wirklich ein bisschen beeilen."

„Stimmt, du Witzbold", ließ sich Wheelwright vernehmen. „Ein bisschen ist gut. Hinter George Wests Ranch liegt Tilden und danach kommt Joseph Cotullas Ranch. Das ist schon etwa die Hälfte bis Mexiko."

„Respekt, du kennst dich aus, Wheelwright", nickte der Marshal anerkennend. „Umso wichtiger ist es, dass wir unsere beiden Hilfssheriffs einholen. Ich will es ihnen nicht allein überlassen, die Halunken zu fassen. Also weiter."

Der Tag wurde empfindlich kühl. Sonne und Regen wechselten sich ab. Das erschwerte das Vorwärtskommen zwar etwas, hatte aber den Vorteil, dass die während der Sommermonate ausgetrockneten Wasserläufe, die sie von Zeit zu Zeit kreuzen mussten, bereits wieder gefüllt waren. Das bot Gelegenheit für die eine oder andere kurze Rast. Inzwischen hatten Terry Goodnight und Bob Malone George Wests Ranch erreicht. Beim Einreiten durch das Haupttor registrierten ihre geübten Augen sofort, dass sie Websters Spur nicht verloren hatten. Mitten auf dem Vorplatz des Hauptgebäudes lagen zwei Männer und krümmten sich vor Schmerzen. Neben ihnen bemühten sich andere um sie, während ein weiterer sich erhob, der fremden Reiter ansichtig wurde und ihnen mit misstrauischem Blick und Gewehr im Anschlag entgegenging.

„Gentlemen, bleiben Sie sofort stehen!", herrschte der Mann die beiden Reiter an, die dann auch sogleich ihre Pferde zum Stand durchparierten.

Goodnight sah sich genötigt, ihre Anwesenheit zu erklären.

„Immer mit der Ruhe, Mister, wir sind Vertreter des Gesetzes und auf der Jagd", gab er schlagfertig zurück und ließ dabei seinen Sheriffstern blinken. „Und wer sind Sie?"

Der Mann ließ sein Gewehr sinken und entspannte sich, während die anderen Cowboys voller Neugier zu ihm herüberblickten.

„Oh, da bitte ich Sie um Entschuldigung. Ich bin George West, der Besitzer dieser Ranch. Ein Glück, dass Sie gekommen sind."

„Angenehm. Terry Goodnight zu Ihren Diensten. Woher

kommt's, dass hier alle so gereizt sind?"

George West begann zu berichten. Vor zwei Stunden waren drei Reiter aufgetaucht und hatten um Proviant für die Weiterreise gebeten. Zunächst war auch alles normal abgelaufen: Man hatte die Lebensmittel herbeigeschafft und die drei Reiter hatten sie sich auf ihre Pferde geladen. Als West dann verlangt hatte, dass sie die Proviantsäcke bezahlen sollten, hatten die Fremden ihre Colts gezogen und plötzlich um sich geschossen, während sie ihre Pferde antrieben und vom Hof davon sprengten. Wests Männer hatten versucht, sich in Deckung auf den Boden zu werfen, zumal sie zu dem Zeitpunkt nicht bewaffnet waren und das Feuer daher nicht erwidern konnten. Aber zwei von ihnen hatte es erwischt, wenn auch zum Glück nicht lebensgefährlich, wie es schien. George West war dann geistesgegenwärtig nach drinnen gerannt, um sein Gewehr zu holen, und hatte versucht, die Reiter zu erwischen. Das war aber fehlgeschlagen, da sie für einen treffsicheren Schuss bereits außer Reichweite waren.

„Wie sahen die Reiter denn aus? So wie auf diesen Steckbriefen hier?"

West betrachtete die Abbilder, die ihm Goodnight und Malone vor die Nase hielten, eine kurze Weile und nickte dann entschieden.

„Ja, das sind sie. So wie's aussieht, sind sie weiter die Straße rauf nach Tilden in Richtung der Grenze. Hoffe, Sie erwischen sie noch."

„Danke, Mr. West! Also dann, Bob, nichts wie hinterher! Yee-haw!!"

Und los preschten sie und verschwanden auf der Straße nach Tilden in einer Staubwolke.

Eine Stunde später, als wieder Ruhe eingekehrt war, hatte George West sich gemütlich in seinem Lehnstuhl zum Lesen zurechtgesetzt. Er war eben dabei, sich eine Pfeife anzuzünden. Da hörte er durch das offene Fenster eiliges Hufgetrappel sich nähern. Er hielt in der Bewegung inne und verbrannte sich beinahe den rechten Zeigefinger an der Streichholzflamme. Fluchend warf er das Zündholz zu Boden und stand auf, um zum Fenster zu gehen. Dort sah er vier Reiter in hohem Tempo durch das Haupttor hereingaloppieren. Sie parierten zum Trab durch und hielten vor der Veranda abrupt an. George legte seine Pfeife beiseite, schritt zur Eingangstür, öffnete und trat mit fragendem Blick hinaus.

„Allerhand los heute hier auf meiner Ranch, will mir scheinen. Ein ständiges Kommen und Gehen. Seien Sie gegrüßt, Gents, was kann ich für Sie tun?"

Die vier Reiter blickten sich mit hochgezogenen Augenbrauen an. Der Marshal ergriff das Wort.

„Ich bin US-Marshal John William Pierce und das sind meine Deputies. Sie sind …?"

„George West, Besitzer dieser Ranch. Da sind Sie ja in guter Gesellschaft heute", sprudelte es aus dem Mann hervor. „Hatte vor etwa einer Stunde bereits hohen Besuch. Zwei Gesetzeshüter auf der Suche nach drei Halunken, die so freundlich waren, meine Lebensmittel ohne zu bezahlen mitgehen zu lassen und zu allem Überfluss auch noch auf meine Männer zu schießen. Ich kann Ihnen sagen, für heute reicht es mir."

Obwohl Pierce das Gefühl hatte, keine Zeit dafür zu haben, ließ er George West ausführlich berichten. Das hatte er sich im Laufe der Jahre als Gesetzeshüter angewöhnt. Denn er hatte die Erfahrung gemacht, dass man nur mit Umsicht an die Informationen kam, die einen zum Erfolg führten. Und indem man Augen und Ohren offen hielt. Jedes noch so winzige Detail konnte dabei entscheidend sein. Marshal Pierce versuchte daher, beherrscht und höflich zu bleiben.

„Mr. West, bedauere aufrichtig, was Ihnen zugestoßen ist."

Fahrig suchte er nach Websters Steckbrief. Er war weder den beiden Kopfgeldjägern noch den Gangstern näher gekommen. Das machte ihn äußerst ungeduldig. Er konnte sich nur noch mühsam beherrschen. Hinzu kam, dass die Pferde langsam an ihre Grenzen stießen und bald eine längere Pause nötig haben würden, was ihm ebenfalls gehörig gegen den Strich ging.

„Mr. West, das ist jetzt sehr wichtig", begann er erneut und hielt dem Rancher den Steckbrief hin. „Die beiden Gesetzeshüter: Hießen sie Goodnight und Malone? Und die Ganoven, die Sie ausgeraubt haben, war einer von ihnen der auf dem Steckbrief?"

George West schaute nur kurz auf die Abbildung und gab sofort Auskunft: „Der eine hieß Terry Goodnight, der andere hatte sich nicht vorgestellt und die ganze Zeit geschwiegen. Und ja, es sind die Männer, die Sie suchen."

„Danke Mr. West, Sie haben uns sehr geholfen. In welche Richtung sind sie weiter?"

„Da, die Straße nach Tilden", sagte West und zeigte mit dem Daumen in die angegebene Richtung.

„Ich danke Ihnen sehr. Alles Gute Ihnen und Ihren Männern. Also, Leute, vorwärts! Wir kriegen sie."

18

„Jungs, schaut mal da vorne!", sagte Webster und drehte sich zu seinen beiden Begleitern um. Sie hielten auf einer kleinen Anhöhe mit dem Gesicht nach Westen. Dort stand die Abendsonne glutrot hinter einem grauen zerfetzten Wolkenband. Ein Regenschauer hatte vor ein paar Minuten aufgehört und die Luft war klar und kalt. Vor ihnen lag eine kleine Stadt im Halbdunkel der Dämmerung. Das musste Tilden sein. Soweit sie sehen konnten, waren dort noch einige Menschen auf den Straßen unterwegs. Webster hielt es daher für lebenswichtig, eine entsprechende Anordnung zu treffen.

„Matt, Gene, lasst uns etwas hinter die Anhöhe zurückreiten, damit man uns nicht sieht. Wir stehen voll im Licht der untergehenden Sonne."

Sie machten kehrt und ritten einige Yards zurück.

„Was machen wir jetzt?", fragte Gene etwas unbeholfen. Er wollte weiter, am besten direkt über die mexikanische Grenze. Die war von hier aus noch zwei bis drei Stunden entfernt. Das war vielleicht noch zu schaffen, doch die Pferde wurden müde und unwillig. Außerdem war er hungrig und wollte endlich an die gestohlenen Lebensmittel. Daher war guter Rat teuer, zumal sie immer noch damit rechnen mussten, verfolgt zu werden.

Webster dachte nach. Bis zur Grenze durchzureiten kam jetzt nicht mehr infrage. Also brauchten sie bald einen Platz zum Übernachten. Tilden kam dafür natürlich nicht in Betracht. Sie mussten woanders etwas finden. So unbewohnt wie möglich. Webster traf erneut eine Anordnung.

„Leute, wir werden Tilden in weitem Bogen umgehen. Immer außer Sichtweite. Danach nehmen wir wieder die Straße über Cotullas Ranch zur Grenze. Schätze, wir haben noch etwa eine Stunde Licht. Lasst uns nach einer verlassenen Hütte oder so was suchen. Es wird Zeit. Los!"

Sie setzten ihren Ritt fort. Ohne entdeckt zu werden, umgingen sie die Stadt, erreichten die Straße zu Cotullas Ranch weiter westlich und erhöhten dort ihr Tempo in einen scharfen Trab.

Das Sonnenlicht verblasste und die Dämmerung kroch herauf. Die Farben verwandelten sich immer mehr in unterschiedliche Grautöne. Bald würde man scharfe Konturen kaum noch unterscheiden können. Bereits jetzt verschwamm die rechts und links der Straße dichter werdende Vegetation und entzog sich dem suchenden Blick. Kurz vor Einbruch der Nacht erreichten die Reiter eine Lichtung links der Straße und konnten eben noch drei langgestreckte dunkle Schatten ausmachen. Sie ritten vorsichtig näher. Aus der Dunkelheit schälten sich drei Gebäude heraus. Ein verrotteter Zaun umgab das Gelände. Eine genauere Untersuchung ergab, dass das Anwesen schon lange verlassen war. Es schmiegte sich an einen sanft ansteigenden Hügel. Das höher gelegene der drei Häuser, offenbar der Hauptbau, war noch leidlich in Ordnung. Aber die beiden Nebengebäude waren ziemlich verfallen. Webster entschied, dass sie hier übernachten würden. Am anderen Morgen sollte es zeitig weitergehen. Sie saßen ab, versorgten die Pferde in einem der Nebengebäude mit dem, was sie fanden, und begaben sich dann ins Haupthaus für die Nacht.

„Gene, du übernimmst die erste Wache. Setz dich hier ans Fenster neben der Tür. Da hast du den besten Überblick", ordnete Webster an.

Gene nickte, zog sich einen in der Mitte des Raumes stehenden Stuhl zu seinem Beobachtungsposten und setzte sich, während Webster und sein Bruder Matthew sich nach einer Schlafstatt umsahen. In einem Nebenraum fanden sie das Gesuchte. An der Wand stand ein altes Bett mit einem durchgelegenen Leinensack als Unterlage. Dessen Strohfüllung ragte an einigen Stellen durch aufgeplatzte Nähte heraus. Außer einem klapprigen Schrank, einer Kommode und einem Stuhl mit zerbrochener Lehne fand sich sonst nichts in dem Zimmer. Durch das einzige Fenster des Raumes drang das matte Licht des aufgegangenen Mondes herein. Die beiden Brüder zerrten die leinene Schlafunterlage vom Bett herunter und brachten sie in den Hauptraum, wo Gene bereits Wache hielt. Dort richteten sie sich ein notdürftiges Lager her.

„Los, Matt, machen wir es uns bequem", sagte Webster und ließ sich ächzend auf dem Leinensack nieder.

„Diese Schwachköpfe", fuhr er fort. „Die kriegen uns nie! Morgen kommt der letzte scharfe Ritt bis Mexiko. Dann haben wir es geschafft."

„So Gott will, Frank", wandte Matt ein.

„Gott hat damit nichts zu tun!", entgegnete Webster scharf. „Was wir erreichen, erreichen wir aus eigener Kraft."

„Und wenn sie uns doch noch vor der Grenze stellen?", gab Gene vom Fenster her zu bedenken.

„Die und uns stellen?", entfuhr es Webster. „Bis jetzt hat uns niemand von denen auch nur im Entferntesten eingeholt."

„Aber unsere Spur ist mehr als deutlich. Oder hast du die zwei alten Siedler und die Bank von Beeville schon vergessen?"

„Ach, Unsinn! Das können doch auch andere gewesen sein. Außerdem hat das wirklich Spaß gemacht, oder etwa nicht?"

„Schon, Frank. Besonders die blöden Gesichter der beiden Alten, als ihnen dämmerte, was wir mit ihnen vorhaben", gab Matt belustigt zu und lachte derb auf.

„Wie viel hat eigentlich der Bankraub eingebracht?", ließ sich Gene vernehmen.

„Genug", antwortete Webster gelassen. „Das reicht locker für uns drei."

Doch Gene traute ihm nicht über den Weg. Er hatte für einen Moment ein verschlagendes Grinsen in Websters Gesicht wahrgenommen.

„Das wird gerecht geteilt, ist das klar?", sagte er deshalb betont langsam und bekräftigte die Forderung, indem er seinen Revolver berührte.

„Natürlich tun wir das, ganz so, wie du es wünschst", verkündete Webster einlenkend, dem die Bewegung seines Komplizen nicht entgangen war. „Sobald wir in Mexiko sind", fügte er offen lächelnd hinzu. Dabei machte er ein Gesicht, als ob er kein Wässerchen trüben könnte.

„Abwarten", bemerkte Gene wenig überzeugt, gab dann aber Ruhe und spähte zum Fenster hinaus.

„Komm, Frank, lass uns jetzt eine Weile schlafen. Ich löse Gene in drei Stunden ab." Matt griff in seine Weste und zog die Taschenuhr heraus.

„Hier, Gene, nimm meine Uhr. Wenn der kleine Zeiger

auf der eins ist, weckst du mich, okay?"

Die Nacht verlief friedlich. Außer den Geräuschen von draußen und dem gelegentlichen Schnarchen der Männer war nichts zu hören. Zur vereinbarten Zeit wechselten sich Gene und Matt beim Wachehalten ab. Webster selbst übernahm die letzte Wache vor dem Morgengrauen. Er nahm seinen Platz beim Fenster ein und streckte sich gähnend. Dann sah er nach draußen. Inzwischen konnte er undeutlich Einzelheiten auf dem Hof erkennen. Kaum merklich begann der Tag. Er sog die frische Morgenluft ein. Ihn fröstelte für einen Moment. „He, Gene! Koch mal Kaffee!", rief er nach hinten. Aber ein schläfriges Grunzen verriet ihm, dass er vorerst darauf verzichten musste. Gene dachte gar nicht daran, sich darum zu kümmern. Also half Webster sich selbst. Er durchsuchte den erbeuteten Proviant und fand stattdessen eine Flasche guten Whiskys, aus der er ein paar große Schlucke nahm. Das half mindestens genauso gut wie Kaffee, die morgendliche Kühle zu vertreiben. Wenn nicht sogar besser. Er schloss die Flasche und fuhr fort, die Umgebung zu beobachten. Langsam verzog sich der Morgennebel. Die Sonne stach mit ihren wärmenden Strahlen zaghaft hervor und tauchte den Hof des Anwesens in gelblich leuchtende Farben. Webster ließ den Blick umherschweifen und genoss das friedliche Bild. Als er den Baumbestand in der Nähe der undeutlich erkennbaren Straße betrachtete, zuckte er plötzlich auf. Hinter den Bäumen bewegte sich doch etwas! Er kniff die Augen zusammen, um schärfer sehen zu können, und erstarrte. Zwei Gestalten kamen geduckt und vorsichtig um sich schauend auf eines der beiden Nebengebäude zu! Das konnte nur eins bedeuten.

„Los, Jungs, aufwachen! Schnell!", schrie er nach hinten ins Zimmer.

Das regnerische Herbstwetter hatte sich beruhigt. Der Morgenhimmel erschien bis auf wenige vorüberziehende Wolken in einem klaren Hellblau. Die Sonne begann, die Landschaft in ein warmes Licht zu tauchen. Marshal Pierce und seine Leute waren noch vor Anbruch der Dämmerung nach kurzer Nachtruhe aufgebrochen und hatten sich wieder auf Websters Fährte gesetzt. Obwohl die strapaziöse Jagd den Männern einiges abverlangte, hatten sie sich ohne Murren in ihre Sättel geschwungen. Pierce trieb sie unermüdlich an. Seine Ungeduld wuchs. Am frühen Vormittag passierten die Reiter die kleine Ansiedlung namens Tilden und gelangten bald in sanftes Hügelland. Ungleichmäßig bewachsene Bodenwellen und flache Senken wechselten einander ab. Dank Buck Delgados Hilfe war es dem Marshal gelungen, die Spur nicht aus den Augen zu verlieren. Nicht mehr lange und sie mussten die Gejagten, mit den beiden Kopfgeldjägern direkt an ihren Fersen, eingeholt haben. Buck ritt einige Yards voraus, die Augen beständig am Boden, während Pierce und die Deputies folgten und die Gegend wachsam absuchten.

Sie durchritten soeben eine Senke, als Buck plötzlich mit erhobener Hand anhielt und Pierce warnte. „Stop, Marshal! Und leise!"

Pierce zügelte sein Pferd und kam neben Buck zu stehen. „Was ist?", fragte er alarmiert.

Buck machte „Schhh" und hob einen Zeigefinger zum Mund. „Haben Sie's nicht gehört? Da! Schon wieder."

Der Marshal lauschte angestrengt. Richtig, da war etwas, weit entfernt, aber doch zu hören. Wie zur Bestätigung meinte Deputy Wheelwright: „Jetzt höre ich es auch."

Eine leichte Brise kam schräg von vorne und trug undeutlich die Geräusche einzelner Schüsse an ihre Ohren. Ab und zu, als der Wind die Richtung änderte, erstarben die Laute, dann waren sie wieder deutlicher vernehmbar.

„Wie weit?", fragte Pierce seinen Fährtenleser.

Buck runzelte die Stirn und antwortete nach einer kurzen Zeit des Abschätzens: „Zwei bis drei Meilen ungefähr. Bei schnellem Trab vielleicht fünfzehn bis zwanzig Minuten."

Pierces Sinne schärften sich. Sein Jagdinstinkt erhielt erneuten Auftrieb. Er versuchte, die genaue Richtung zu orten, aus der die Schüsse kamen.

„Da findet 'ne Schießerei statt", sagte er gedehnt. „Würde mich nicht wundern, wenn das unsere speziellen Freunde sind."

Er wandte sich im Sattel um und befahl: „Vorwärts, Männer! Immer dem Knallen nach! Aber erhöhte Wachsamkeit, wenn ich bitten darf!"

Die vier Reiter kickten ihre Sporen in die Flanken der Tiere und fielen in einen mittleren Trab.

19

Nach kurzer Zeit fand sich Marshal Pierce endlich am Ziel der langen Jagd. Er und seine Leute hatten den Ort der Schießerei erreicht. Am Fuße eines flachen Hügels sahen sie hinter einer Reihe von Bäumen ein halb verfallenes Anwesen. Links davon und einige Yards davor konnte Pierce undeutlich Pferde bei einer Baumgruppe ausmachen. Sie waren offenbar an den Resten eines Zauns angebunden.

„Halt und absitzen", ordnete er an.

Seine Sinne waren auf das Äußerste gespannt. Jetzt kam es darauf an! „Wir binden unsere Pferde dort am Zaun bei den anderen fest. Dann rücken wir vor."

Die kleine Gruppe begann, sich mit schussbereiten Waffen zu formieren. Jeder hatte einen Revolver und ein Gewehr. Alle blickten fragend zum Marshal. Der sagte knapp: „Buck, du bleibst bei den Pferden. Sollte einer der Halunken sich nähern, machst du ihn unschädlich. McNair, Wheelwright, vorwärts!"

Die drei Gesetzeshüter sprinteten geduckt in Richtung des nächstgelegenen Gebäudes. Pierce hatte dort zwei Männer entdeckt. Der eine saß am linken Ende der Hütte mit dem Rücken zur Wand am Boden. Offenbar war er verwundet. Der andere stand am entgegengesetzten Ende, lugte von Zeit zu Zeit um die Ecke und gab einen Schuss ab in Richtung des weiter hinten gelegenen ehemaligen Haupthauses.

McNair erkannte den am Boden Sitzenden. „Das ist Terry Goodnight, Marshal!"

Sofort steuerte Pierce auf den Mann zu und erreichte ihn,

als zwei Kugeln in der Nähe einschlugen. Die Männer warfen sich sogleich in Deckung.

„Goodnight! Wie ist die Lage?"

„Tag, Marshal! Freue mich, Sie zu sehen. Üble Situation hier: Dahinten ist die Webster-Gang, gut verschanzt. Ich bin am rechten Arm getroffen. Malone hält die Stellung, aber wir kommen nicht ran."

Pierce nickte und warf einen kurzen Blick auf Goodnights Wunde. Sie blutete mäßig, aber stetig. Goodnight hatte sie bereits mit seinem Halstuch notdürftig verbunden. Pierce zog ein sauberes Schnupftuch aus der Westentasche und gab es dem Verletzten.

„Hier, drücken Sie das auf die Wunde. Das muss erstmal reichen. Den Rest machen wir später."

Dann schaute Pierce sich um. Auf dem Gelände gab es weiter rechts noch einen ehemaligen Stall und einen verfallenen Schuppen. Vielleicht konnte man von dort unbemerkt vorrücken?

„Was dagegen, wenn ich hier das Kommando übernehme?", fragte er Goodnight.

Der schüttelte dankbar den Kopf, während eine Welle von Schmerz ihn durchfuhr. „Nur zu, Marshal, danke."

„Gut", entschied Pierce. „Wir müssen die Bande einkreisen, und zwar schnell. Die haben sicher gemerkt, dass Verstärkung eingetroffen ist."

Wie zur Bestätigung des Gesagten krachten ein paar Schüsse. Malone, der sich an der Ecke befand, zog den Kopf hastig zurück. Das war knapp! Ein paar Holzsplitter flogen durch die Luft. Pierce ließ seinen Blick erneut über das Anwesen schweifen, dachte fieberhaft nach und traf eine Entscheidung.

„Okay, wir machen Folgendes: Wheelwright, rüber zu Goodnight! Sie decken die linke Flanke. McNair, sehen Sie den alten Erntewagen da drüben, auf halbem Weg zu dem Schuppen?" Der Angesprochene nickte und schluckte nervös. „Gut. Wir spurten da rüber, so schnell es geht. Malone, Sie geben uns Feuerschutz, während wir hinlaufen. McNair, vom Wagen aus umgehen wir die Bande auf der rechten Flanke und packen sie von hinten. Sobald einer von uns beim Hauptgebäude ist, verstärkt ihr das Feuer zur Ablenkung. Alles verstanden?" Die Männer nickten. „Dann also los. Viel Glück!"

Pierce und sein Deputy spurteten los. Bis zu dem Wagen waren es etwa 10 Yards über offenes Gelände. Daher kamen die beiden Männer sofort unter Beschuss. Dreck spritzte auf, wo die Kugeln der Gegner einschlugen. Beinahe hätte ein Querschläger den Marshal am Kopf erwischt, als er und McNair bei dem alten Erntewagen ankamen. Pierce zog rechtzeitig den Kopf ein und ließ sich in Deckung fallen. Sein Deputy folgte ihm auf dem Fuß. Die Schüsse verstummten, sobald er und der Marshal außer Sicht waren. Pierce sah sich um. Er begegnete McNairs nervösem Blick und versuchte, seinen Kollegen zu beruhigen.

„Sachte, alter Junge, ruhig bleiben. Bis hierher ging doch alles gut. Jetzt müssen wir sehen, wie es weitergeht."

McNair nickte und atmete ein paarmal schwer. Beide Männer beobachteten das Haupthaus und den freien Platz davor. Der Schuppen rechts voraus war nun unmittelbar vor ihnen. Dorthin unbeschadet zu gelangen, sollte ein Kinderspiel sein. Nur flink genug musste man sein. Kaum fünf, höchstens sieben Yards trennten sie bis dorthin. Pierce schätzte die Entfernung nochmals ab und rechnete sich aus, in wie viel Sekunden er den Weg schaffen könnte. Dann nickte er zufrieden.

„McNair", weihte er seinen Hilfssheriff ein. „Ich laufe jetzt gleich zu dem Schuppen. Danach zum Stallgebäude. Sie geben mir Feuerschutz. Ich schleiche mich dann von hinten an die Banditen dort oben heran."

McNair wollte protestieren. „Kann ich nicht mitkommen? Zu zweit haben wir eine deutlich bessere Chance, Marshal."

Pierce schüttelte langsam den Kopf. „Nein, ich brauche Sie hier. Wir müssen die Bande einkreisen. Und dass einer von hinten kommt, damit rechnen die sicher nicht."

Das Argument überzeugte McNair, der zustimmend nickte.

Inzwischen ging das Schießen weiter. Die Kopfgeldjäger und Wheelwright wurden mit mehreren Salven eingedeckt und hielten die Köpfe unten.

„Müssen viel Munition haben, die Gangster. Wird aber nicht ewig halten", brummelte Pierce.

Als dann das Schießen eine Pause machte, stieß er hervor: „Jetzt!"

Er löste sich aus der Deckung des Wagens und rannte hinüber zu den Gebäuden. Erneut umschwirrten ihn die Kugeln der Banditen wie giftige Hornissen. Doch wieder schaffte Pierce es, in Deckung zu springen, ohne auch nur einen Kratzer abbekommen zu haben, während McNair vom Wagen aus das Feuer erwiderte. Am Stall angekommen rang Pierce nach Luft. Die körperliche Belastung und die nervliche Anspannung begannen, ihm zuzusetzen. Als er seinen Puls wieder unter Kontrolle hatte, begab er sich hinein und schlich zielstrebig zum Hinterausgang. Von dort hatte er direkte Sicht auf das höher gelegene Haupthaus. Vereinzelt krachten Schüsse. Beide Seiten versuchten, einander zu treffen und dabei Munition zu sparen. Hatten die Banditen einen Ausbruch vor? Welchen Schritt sollte er nun als Nächsten unternehmen, überlegte Pierce und sah sich nach einer für das weitere Vorgehen geeigneten Deckung um.

Auf etwa halbem Weg zum Hauptgebäude lagen mehrere alte Kisten aufeinandergestapelt. Pierce schätzte ab, ob die Gegner den Zwischenraum bis zum Ausgang des Stalls einsehen und seinen Annäherungsversuch entdecken könnten. Doch wenige Blicke genügten, um Pierce zu zeigen, dass hier keine Gefahr bestand. Die dem Stall zugewandte Seite des Hauses hatte weder Fenster noch Türen. Somit bildete der Platz zwischen beiden Gebäuden einen toten Winkel. Wenn Pierce sich leise bewegte, würde er sich unentdeckt bis zum Haupthaus vorarbeiten können. Es bestand nur ein geringes Risiko, auf einen der Banditen zu stoßen, sobald er die rückwärtige Seite des Hauses erreicht hatte. Die waren ja alle auf der Vorderseite beschäftigt. Da es nun bis auf die in unregelmäßigen Abständen krachenden Schüsse still blieb, wagte er den Vorstoß. Er löste sich von der Stalltür und bewegte sich flink und leise zu dem Kistenstapel. Dort angekommen sondierte er weiter instinktiv die Lage, während er durchatmete. Immer noch regte sich nichts. Niemand hatte ihn bisher bemerkt.

‚Wie die Ruhe vor dem Sturm‘, schoss es Pierce durch den

Kopf. Er sah sich nun endlich am Ziel seines unbändigen Verlangens, Webster und dessen Kumpane zur Strecke zu bringen. Jetzt würde der Gerechtigkeit Genüge getan werden. Doch wie weit konnte, wie weit durfte er dabei gehen? Pierce musste an seinen Neffen Charlie denken. Das brachte seine Gefühle in Aufruhr. Gleichzeitig kam plötzlich die Erinnerung hoch an einen lange zurückliegenden Fall, den er als junger Sheriff zu bearbeiten hatte. Damals war er über das Ziel hinausgeschossen. Er hatte das Beste gewollt, aber den von ihm Verfolgten umgebracht, weil dieser sich der Verhaftung durch Flucht entziehen wollte. Niemand hatte ihm das je zum Vorwurf gemacht, denn der Mann war ein übles Subjekt gewesen. Jeder war froh, dass Pierce ihn damals erledigt hatte. Das brachte ihm einen gewissen Ruf von gnadenloser Effizienz ein. Aber es fühlte sich nicht richtig an. Es hatte nicht der geringste Anlass bestanden, die Schusswaffe zu gebrauchen. Hätte Pierce sich ein bisschen cleverer angestellt, wäre die Verhaftung ohne Blutvergießen verlaufen. Aber er war noch jung und unerfahren. Doch tief in seinem Inneren wusste er, dass er damals eine Grenze überschritten hatte. Pierce war ein Verfechter des Rechts und wollte dabei mithelfen, dass sich Recht und Gesetz im Westen ohne Anwendung von übermäßiger Gewalt durchsetzen konnten. Daher war es ihm bisweilen zuwider, dass er dies mit der Waffe tun musste, indem er den Tod eines Menschen in Kauf nahm, mochte der auch noch so verkommen sein. In der Hinsicht war Pierce anders als viele seiner Kollegen. Es ging eben grausam zu in diesen Jahren. Manchmal war es besser, zuerst zu schießen und dann die Fragen zu stellen, um überleben zu können. Pierce musste mit der Zeit lernen, damit klarzukommen. Doch er konnte sich von seinen Skrupeln nie völlig freimachen. So rang er mit sich, wie er mit Webster zu verfahren hätte, der an Charlies Tod die Schuld trug. Als er das bedachte, wurde ihm schlagartig bewusst, warum ihn seit Monaten immer wieder dieser merkwürdige Traum verfolgt hatte. Es war sein Versuch, den damaligen Fehler zu verarbeiten. Während er darüber sinnierte, holten ihn ein paar Schüsse in die Realität zurück. Pierce schätzte noch einmal den Abstand zum Hauptgebäude ab und wartete auf den passenden Moment, um dorthin vorzugehen.

Nach ein paar Minuten nahm das Schießen zu. Offenbar hatten Wheelwright und die anderen mitbekommen, dass Pierce bereits beim Haupthaus war, und verstärkten wie vereinbart den Beschuss. Das war der Moment. Er sprang auf, rannte zum Haus und schaute um die hintere Ecke. Niemand war zu sehen. Pierce packte sein Gewehr fester und schob sich an der Wand entlang zu einer spaltbreit offen stehenden Tür. Es musste sich um den Hintereingang des Hauses handeln. Pierce spähte hinein. Hinter der Tür befand sich ein kahler dunkler Raum, von dem zwei weitere Türen abgingen. Nach Lage des Gebäudes musste die rechte der beiden zum Wohnraum führen, in dem Pierce Webster und seine Leute vermutete. Eine entsprechende Bestätigung kam unmittelbar. Mehrere Schüsse krachten. Der Lärm kam deutlich aus dem Raum hinter der rechten Tür. Pierce prüfte sie kurz. Sie war nur angelehnt. Nach einem weiteren Schuss hörte der Marshal eine ihm unbekannte Stimme: „Ha! Der hat gesessen. Glaube, ich habe einen erwischt." Ein zweiter Mann antwortete darauf. Pierce erkannte Webster, der auf diese Bemerkung einging: „Das hoffe ich, Matt. Allmählich wird die Munition knapp. Hat einer 'ne Idee, wie wir uns zu unseren Pferden durchschlagen sollen ohne Munition?"

Der Marshal sah seine Chance. Er nutzte die offenkundige Ratlosigkeit der Banditen und trat die Tür auf. Seine Winchester im Anschlag rief er: „Waffen fallen lassen! Das Spiel ist aus!"

Pierce war die Überrumpelung der Banditen gelungen. Als sie seine Stimme hörten, wirbelten sie erschrocken herum. Doch die Überraschung verflog in Sekundenschnelle. Einer der drei hob sein Gewehr und zielte auf den Marshal, brach aber sogleich zusammen. Eine Kugel hatte ihn durch eins der Fenster getroffen. Er hatte sich aus der Deckung bewegt, als der Marshal ihn von hinten angerufen hatte. Wheelwright und die anderen hatten offenbar mitbekommen, dass Pierce die Bande überrumpelt hatte. Sie deckten nun das Gebäude mit gezielten Schüssen ein. Der zweite Bandit visierte Pierce an, drückte ab und verfehlte ihn nur knapp. Der Marshal wich aus und erwiderte das Feuer. Die Kugel aus Pierces Winchester riss seinen Gegner von den Füßen und schleuderte ihn gegen die Wand des Zimmers. Dort hing er einen Moment in der Schwebe und sackte dann röchelnd und blutend in sich zusammen.

Jetzt blieben nur noch Webster und der Marshal übrig. Draußen hatten Wheelwright und die anderen aufgehört zu schießen, sodass es plötzlich unheimlich still war. Nur das Klicken des Ladebügels war zu hören, als der Marshal durchlud. Die ausgeworfene Patronenhülse schlug mit einem metallischen Klirren auf dem Boden auf und rollte aus.

Websters anfängliche Überraschung wandelte sich zusehends in grimmige Wut. Er verzog das Gesicht zu einer Fratze und zischte Pierce an. „Marshal, wollen doch mal sehen, wessen Spiel hier aus ist."

Mit diesen Worten hob er den Revolver. Jetzt war es soweit. Das Herz schlug dem Marshal bis zum Hals. Er sah sein Ende kommen und fühlte sich einen kurzen Moment lang wie gelähmt. Sein Kontrahent würde ihn kaltblütig erledigen. Pierce rechnete sich in Sekundenbruchteilen seine Chancen aus. Wenn er sich zur Seite warf, sobald der Schuss losbrach? Oder wenn er seelenruhig auf Webster zuging? Das würde mit Sicherheit nichts nützen. Webster würde sich davon nicht beeindrucken lassen. Oder wenn er sich einfach auf ihn stürzte? Wenn er das schnell genug tat, hätte sein Gegner kaum eine Chance für einen präzisen Schuss. Außerdem könnte er ihn niederringen, bis Hilfe kam. Das Risiko, getroffen zu werden, nahm er in Kauf. Er nahm alles um sich herum verschwommen wahr. Nur sein Gegner erschien ihm überdeutlich scharf. Er sah, wie Webster den Hahn seines Revolvers spannte, und machte sich bereit zum Sprung. Dann sah er ihn abdrücken. Doch statt des zu erwartenden Knalls war nur ein hartes metallisches Klicken zu hören. Verblüfft starrte Webster auf den Revolver, danach auf Pierce. Der Marshal fixierte seinen Gegner mit eiskaltem Blick. Er musste an Charlie denken und daran, dass sein Mörder Emma bereits mit sehr jungen Jahren zur Witwe gemacht hatte. Ihr herzzerreißendes Weinen und ihr verzweifeltes Gesicht erschienen vor dem geistigen Auge des Marshals. Der an der Tragödie Schuldige stand vor ihm. Langsam hob Pierce das Gewehr. In die Stille hinein krachte der Schuss. Die Kugel traf Webster unterhalb des Brustbeins. Er sah den Marshal mit verdutztem Gesicht an. Dann schaute er auf seine Hand, die er auf die Wunde gepresst hielt. Blut sickerte zwischen den Fingern hervor. Schließlich verdrehte er die Augen und brach über seinen am Boden liegenden Kumpanen zusammen.

Pierce atmete schwer. Gleich darauf trat jemand die vordere Eingangstür auf und seine Männer kamen herein.

„Alles okay, Marshal?", rief McNair.

Anstatt einer Antwort deutete Pierce auf den Boden, wandte sich an die beiden Kopfgeldjäger und sagte: „Da liegen Ihre Dollars."

Epilog

Fünf Männer standen um den Schreibtisch im Büro des Sheriffs. Nachdem die Leichen von Webster und seinen Kumpanen dem Totengräber übergeben worden waren, hatten sich Pierce und dessen Männer bei Barrett versammelt. Der Marshal saß am Schreibtisch. Er musste den Bericht für Richter Brewster verfassen. Doch zunächst einmal ging es um das Kopfgeld.

„Dreimal 500 Dollar", sagte Goodnight. „Das geht nicht auf, Marshal. Wir sind zu zweit." Pierce nickte. Nach seiner Berechnung entsprach das nicht der Wahrheit, aber er wollte unnötige Diskussionen über die Aufteilung des Geldes vermeiden. Außerdem kam ihm ein Gedanke.

„Gentlemen, ich bin auch dafür, dass das Kopfgeld gerecht verteilt wird. Daher schlage ich vor: Jeder von Ihnen bekommt 500 Dollar für Websters Kumpane. Einschließlich der Waffen. Die können Sie gern behalten. Sie können sie ja auch verkaufen. Ganz wie Sie wollen. Die bringen Ihnen bestimmt noch einen zusätzlichen Gewinn."

Goodnight und Malone sahen sich an, nickten aber dann zustimmend. „Einverstanden", sagte Goodnight. „Und was passiert mit dem Rest?"

Der Marshal schaute einen nach dem anderen an. Sein Blick verweilte einen Moment lang auf Sheriff Barrett. Der zog fragend die Augenbrauen hoch und grinste erwartungsvoll.

„Mit dem Rest?" Pierce ließ sich etwas Zeit mit seiner Antwort. Dann sagte er: „Den Rest bekommt Emma Wil-

lowby. Das ist das Geld für Webster. Sozusagen als Wieder-
gutmachung. Dafür, dass er ihren Charlie umgebracht hat.
Das ist nur gerecht."

Die Männer nickten zustimmend. Niemand erhob Ein-
wände. Barrett sah seinen Freund und Kollegen an und sagte: „Eine sehr gute Entscheidung."

John William Pierce begegnete seinem Blick und nickte:
„Das ist das Mindeste, was ich für sie tun kann."

Nachwort und Danksagung

Als ich im März 2014 das, nur als Kurzgeschichte geplante erste Kapitel meines Romans schrieb, ahnte ich zu keinem Zeitpunkt, dass daraus einmal mehr werden würde. Doch wie oft im Leben kam es anders. Eine Freundin, der ich damals den Beginn der Erzählung zum Geburtstag schenkte, fragte mich, ob ich denn eine Fortsetzung plante. Nach kurzem Nachdenken fand ich die Idee reizvoll, überlegte mir einen ungefähren Handlungsstrang und begann. So entstand im Laufe der Jahre dieses Buch.

Während des Schreibens schälte sich langsam der Plot der endgültigen Fassung heraus. Um die Gegend, in der die Geschichte spielt, korrekt beschreiben zu können, habe ich hauptsächlich im Internet recherchiert. Gleiches gilt für die im Roman verwendeten Gesetzestexte und juristischen Fachbegriffe, die dem texanischen Strafrecht des neunzehnten Jahrhunderts entnommen sind. Jedoch habe ich, der besseren Lesbarkeit halber, die eigentlich korrekten Bezeichnungen wie „Criminal Attorney" oder „District Attorney" durch ihre deutschen Entsprechungen ersetzt. Die meisten im Roman vorkommenden Personen sind rein fiktiv. Jedoch habe ich auch historische Personen eingebunden und zu Wort kommen lassen. So hat es den Bezirksstaatsanwalt Temple Lea Houston tatsächlich gegeben. Er hatte um 1881 in Brazoria eine Anwaltspraxis. Auch Rancher George West ist eine historische Figur der damaligen Zeit. Was diese beiden Charaktere im Roman tun und äußern, ist jedoch frei erfunden. Es hätte sich aber genau so oder so ähnlich ereignen können. Dies gilt übrigens auch für den gesamten Roman.

Eine Reihe von Freunden hat mich während des Schreibens begleitet und in Zeiten, in denen es nicht so reibungslos voranging, bestärkt weiterzumachen. Zunächst muss ich meinen Bruder Steffen nennen, der mich immer ermunterte, mit der Geschichte fortzufahren. Ein besonderer Dank gilt Renate Illge und Robert Meyer, die mir wertvolle Tipps und Anregungen für notwendige Überarbeitungen gegeben haben. Außerdem danke ich Sandra Sieve-Rupprecht für ihre kritische Durchsicht des Manuskripts. Ebenso bin ich Melanie Buhl für ihr gründliches Lektorat zu großem Dank verpflichtet. Dadurch konnte ich den Text in eine lesbare Form bringen. Gleiches gilt für Gudrun Strüber, meine Verlegerin. Ohne ihre Anregungen und Vorschläge wäre das Buch in der vorliegenden Form nie entstanden. Dank auch an Max Buhl für das Cover. Zu danken habe ich darüber hinaus noch vielen anderen aus meinem Freundeskreis, die aufmerksame und geduldige Zuhörer waren, als ich ihnen zu Testzwecken vorlas. Schließlich danke ich meinen Eltern, die mich immer unterstützt und gefördert haben und ohne die ich meine künstlerisch-kreative Veranlagung nicht hätte. Zu guter Letzt danke ich Diana Danne. Ohne sie hätte ich die Geschichte um Marshal Pierce nicht geschrieben. Ihr habe ich den Roman gewidmet.

Wie es mit Marshal Pierce, den Pines, Shane und Laura weitergeht? Das erfährt der geneigte Leser in einem anderen Buch, wenn unsere Helden wieder reiten.

Niko Hass
km0187@mail.de

Über den Autor:

Niko Hass ist Jahrgang 1965. Er ist in Mannheim geboren. Nach einer Ausbildung zum Bankkaufmann schloss er ein Lehramtsstudium erfolgreich ab. Seitdem arbeitet er als Lehrer in Nordrhein-Westfalen. Er ist vielseitig interessiert. Seine Leidenschaft für das Schreiben entdeckte er vergleichsweise spät. Während des Referendariats begann er mit ersten Versuchen. Parallel zu seiner Arbeit als Lehrer schrieb er Berichte und Kritiken über Aufführungen von Musicals und Theaterstücken an seiner Schule. Seit 2013 ist er dort für die Öffentlichkeitsarbeit zuständig und schreibt regelmäßig über schulische Veranstaltungen. Im Frühjahr 2014 begann er das Schreiben von Kurzgeschichten und Gedichten, die er ständig erweitert. Ebenfalls 2014 begann er die Arbeit an „Der Marshal – Das Recht und die Rache". Nach einigen Unterbrechungen beendete er den Roman im Jahr 2020. Eine Fortsetzung des Western ist geplant, außerdem noch zwei weitere Romane mit anderen Themen.

Die Fortsetzung von
„Der Marshal – Das Recht und die Rache"

Arbeitstitel: Der Marshal – Tuckers Gesetz

Zwei Jahre später, im Frühsommer 1883. Laura und Shane Parker haben sich inzwischen in der Nachbarschaft zu ihren Eltern ein eigenes Heim geschaffen, die Apple Blossom Farm.

Tucker, der Rinderbaron, hungert nach immer mehr Grundbesitz und neidet seinen Nachbarn das Land am Brazos River. Obwohl der Fluss als Bewässerung der Felder und die Wasserstellen für das Vieh beidseits des Flusses nördlich der Stadt ausreichend Platz für alle bieten, will Tucker den Zugang zum Wasser für sich allein beanspruchen und andere nur gegen Entrichtung von Geld dort hinlassen.

Es kommt zum Konflikt um die Wasserrechte. Um seine vermeintlichen Rechte durchzusetzen, greift Tucker zu unerlaubten Mitteln.

Marshal Pierce greift ein.

Tuckers Handlanger Lovejoy und seiner Truppe gelingt es zunächst, den Marshal eine Zeit lang mattzusetzen, indem sie Gerüchte aus der Vergangenheit verbreiten.

Es kommt zur persönlichen Auseinandersetzung zwischen Lovejoy und dem Marshal.

Das Buch erscheint wahrscheinlich Mitte bis Ende 2021
Vorbestellungen beim Autor oder beim Verlag sind möglich.

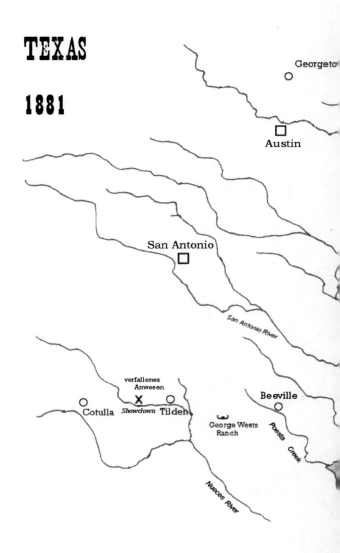

Neuerscheinungen aus dem Fabuloso Verlag 2016 - 2020

Creativo , Mordsgeschichten aus dem Eichsfeld und anderswo
2016; Pb, 235 S.; Anthologie
Preis: 9,80 Euro (978-3-945346-48-8)

Schreier, Michaela; Piris Piratengeschichten
oder: Das megacoolesuperfantastische Klassenmaskottchen-Treffen
2016, HC, ca. 60 Zeichnungen, 180 S.; Kinderbuch
Preis: 12,80 Euro (978-3-945346-50-1)

Lesinski, Sarina M. Lichtspuren
2017, HC, Lyrik
Preis 12,80 Euro (978-3-945346-59-4)

Piepiorka, Manfred, Der Hafengott
2017, Pb; Roman
Preis 9,80 Euro (978-3-945346-60-0)

Kunst bist Du ... derstadt, Harmonie oder Gegensatz
2017, Buch Art
Preis: 13,00 Euro (978-3-945346-61-7)

Dr. Morales Cañadas, Esther, Seltsame und allegorische Erzählungen
2017, Hc., 375 S.; illustrierte Allegorien (deutsch und spanisch)
Preis 20,80 Euro (978-3-945346-62-4)

Creativo, Fachwerkgeflüster aus dem Eichfeld und anderswo
2017, Pb, 240 S.; Anthologie
Preis: 9,80 Euro (978-3-945346-63-1)

Theune, Axel, Wahrheit und Dichtung rund um die Gleichen
2017, Pb.; 61 S.; Illustrierte Gedichte und Kurzprosa
Preis: 8,00 Euro (978-3-945346-67-9)

Grosser, Hartmut; Projekt Arche
2018, Pb., 306 S.; „SF"
Preis: 12,80 € (978-3-945346-58-7)

Keitel, Gertrud; Heim – wärts mit Humor
2018; Pb.; 140 S.; einige Zeichnungen
Preis: 9,80 Euro (978-3-945346-68-6)

Voß, Marianne/ Annette Rindtorff, Schreiben für die Seele
2018; Pb., 240 S., einige Fotos
Preis: 9,80 Euro (978-3-945346-70-9)

Christian, Dorothea,Deine Zeit
2019 Hc., 3. Aufl. 100 S.; viele Zeichnungen
Preis: 9,90 (978-3-945346-71-6)

Buhl, Melanie; Ruma
2019, Pb. 264 S.; Roman
Preis: 9,90 Euro (978-3-945346-73-0)
Sonderedition in Hardcover direkt bei der Autorin erhältlich.

Olabi, Lina; Die Abenteuer von Lilia Wolke
2019, Pb., viele Illustrationen 32 S.; Kinderbuch
Preis: 9,80 € (978-3-945346-74-7)

Creativo; Freiheit hier und anderswo
2019, Pb.;228 S. Anthologie
Preis: 9,80 Euro (978-3-945346-75-4)

Westphal, Dagmar; Die Krötenkönigin und andere Begegnungen
2019, Hc., 12 Zeichnungen, 62 S.; Lyrik
Preis: 12,50,00 Euro (978-3-935912-69-3)

Piepiorka, Manfred; Erleben kann man nur im Leben
2019, Pb., Erzählungen
Preis 9,80 Euro (978-3-945346-77-8)

Voß, Marianne/ Annette Rindtorff; Einsichten und Aussichten der Seele
2019, Pb., 156 S., Erzählungen
Preis: 9,80 Euro (978-3-945346-78-5)

Weitere Informationen und Leseproben unter

www.fabuloso.de / www.creativo-online.de